漱石のユートピア

河内一郎

現代書館

漱石のユートピア＊目次

夏目漱石　プロフィール

本名　夏目金之助《なつめきんのすけ》
生年月日　慶応三年（一八六七）陰暦一月五日　卯年　太陽暦二月九日
生誕地　江戸牛込馬場下横町（現、新宿区喜久井町一番地）
　夏目小兵衛（直克）五一歳、千枝四二歳の五男（末子）として誕生
死亡　大正五年（一九一六）一二月九日　一八時四五分牛込区役所届出一八時五〇分　四九歳
　一〇カ月
死亡場所　牛込区早稲田南町七番地（現、新宿区早稲田南町七番地）
　脳の重さ一四二五グラム（当時の平均一三五〇グラム）
身長　一五八・七センチメートル
胸囲　七九センチメートル
体重　明治四三年一〇月二九日（一番少ない時）四四・五キロ～五四・八キロ明治四四年一月
　二一日（一番多い時）
号　漱石《そうせき》　明治二二年（一八八九）五月二五日より
結婚　明治二九年（一八九六）六月九日（火）先勝
　広島県深安郡福山町西町　士族　中根重一《なかねじゅういち》、カツ　長女キヨ（通称鏡子）一九歳
　熊本市下通町一〇三番地の借家で結婚式　出席者、中根重一、東京から連れてきた老女中、

婆や、車夫、結婚費用七円五〇銭

職歴

○明治二六年（一八九三）一〇月～明治二八年三月　高等師範学校英語嘱託（週二回）
○明治二八年（一八九五）四月～明治二九年三月　愛媛県尋常中学校嘱託教員（英語）
○明治二九年（一八九六）四月～明治三三年七月　熊本県第五高等学校教授（英語）
○明治三三年（一九〇〇）九月　文部省第一回給費留学生、ロンドン留学（明治三三年一〇月～三五年一二月）
○明治三六年（一九〇三）三月第五高等学校依願免本官
○明治三六年（一九〇三）四月～明治四〇年三月　第一高等学校　英語嘱託
同年四月　東京帝国大学文科大学講師（英語）
○明治三七年（一九〇四）九月～明治四〇年三月　明治大学予科講師（英語）
○明治四〇年（一九〇七）四月　東京朝日新聞社入社（大正五年一二月九日死亡まで）

病跡

○明治三年（一八七〇）春から夏にかけて種痘を受け、それがもとで天然痘に罹り、鼻の頭と頬っぺたに痘痕が残る。
○明治一八年（一八八五）九月頃　虫様突起炎（盲腸）を患う。
○明治二〇年（一八八七）九月頃　急性トラホームに罹る。
○明治二七年（一八九四）二月　医者に肺結核だと診断される（その後、検痰の結果、結核菌は出ない）。
神経衰弱になる。以後、死ぬまで数回強度の神経衰弱になる（千谷士郎医師の診断では内因性鬱病）。明治三五年、三六年、三七年、大正二年、三年。

秋眼病になり井上眼科に通う。
○明治四〇年（一九〇七）秋　胃病に苦しむ。以後、死ぬまで胃潰瘍に苦しみ死因となる。
○明治四一年（一九〇八）一月　糖尿病になる。大正四～五年にかけては糖尿病が原因で起こる痛みに悩まされる。
○明治四三年（一九一〇）六月一八日～七月三一日　長与胃腸病院入院
同年八月一七日　修善寺、菊屋旅館で吐血。
同年一〇月一一日　長与胃腸病院に再入院、翌年二月二六日退院。
○明治四四年（一九一一）九月　痔の手術を受ける。佐藤診療所。

一、『行人』に書かれている漱石のユートピア紅ヶ谷とはどんな所か

『行人』は大正元年（一九一二）から二年にかけて東京、大阪朝日新聞に連載された小説で、紅ヶ谷は最後の章の「塵労《じんろう》」に書かれている。

主人公二郎は兄で大学教授の一郎が神経衰弱であると思っている。下宿していた二郎が実家に帰ると、一郎が精神過労で不安をかかえているため、家中の空気が湿っぽくなって辛いと家族が訴えた。そのため二郎は一郎の親友のHさんにお願いして春休みに旅行に誘い出してもらうことにしたのである。

二人は沼津、修善寺、小田原、箱根と旅したが落ち着かず、最後にHさんの親類が所有しているという紅《べに》ヶ《が》谷《やつ》の別荘に落ち着くことになるのである。ここではよく眠れなかった一郎も熟睡が出来て心の落ち着きを取り戻すことが出来た。

では紅ヶ谷とはどんな所か。わかりやすく言えば〝鎌倉材木座紅ヶ谷〟である。現在は紅ヶ谷

という地名はないが、古くから住んでいる人達が旧紅ヶ谷地域を通称として呼んでいたり、タクシーの運転手さんにも通じるという話である。大正八年の「鎌倉」の地図には辨ヶ谷の字が確認出来る。では漱石はなぜ今まで旅行してきた沼津、修善寺、小田原、箱根と全国的に有名な土地をあげながら、知名度の低い紅ヶ谷を鎌倉材木座紅ヶ谷と書かずにただ紅ヶ谷とだけ書いたのだろうか、まさにユートピアを想像させる象徴的な書き方になっているのである。

この地のモデルになったのが、明治四五年（一九一二）の夏二カ月間漱石が借りて家族が過ごした田山別荘である。

これについてはいろいろの説がある。まず漱石の日記を紹介する。

日記

明治四五年七月二一日と二二日

○二十一日〔日〕　小供を鎌倉へ遣る。一汽車先に行って菅の家に入る。二階から海を見る。涼し。主人と書を論ず。何紹基の書を見る。午後小供のゐる所へ行く。材木座紅ヶ谷といふ。思つたよりも汚なき家也。夏二月にて四十円の家なれば尤もなり　庭に面して畠あり、畠の先に山あり大きな松を寐ながら見る。其所は甚だ可。たゞ家の建方に居つては如何とも賞めがたし。東京の新開地の尤も下等な借屋の如し。

○二十二日（月）、浜へ出て見ると、海浜院に逗留の唐人海につかつてゐる。女は赤や水色の手拭様のものを頭へ巻きつける。着物も膝迄のを着る。四時五十何分の汽車で帰る。雨。東洋軒の出張所で晩餐。車を雇ふ。二台にて一円○八銭。稲妻ゴロ〳〵

八月四日

○松の枝に御櫃が干してある。蟹が松の下を這ふ。

まさきの桓〔垣〕。ひかんの黄な花（婆さんが西洋の芭蕉といふ）桔梗。百合。月見草。唐茄子　サ、ギ。玉蜀黍《とうもろこし》。芋。茄子。仁参《にんじん》（丸い仁参）。青いトマト。

珊瑚樹の垣。珊瑚樹の花。遠くから望むと綺麗なり。

光明寺の裏の松山の松が軒を圧して見える。

日記に書かれている別荘やその付近に関する記述は以上である。これでわかることは夏の二カ月間で家賃は四〇円で想像していたより汚ない別荘であること。庭に面して畑があること、近くの小川に蟹（多分沢蟹）がいて、正木の垣根、ひかんの黄な花、桔梗、百合、月見草、かぼちゃ、豇豆《ささぎ》（ささげの転）、とうもろこし、芋、茄子、にんじん、トマトが植えられていた。

尚、明治四五年八月一二日付の松根《まつね》東洋城《とうようじょう》宛の書簡には、

子供は鎌倉にゐる実に狭いきたない家だが山と松と見えるもしひまなら一所に行かう一晩位とまるのも一興に候

と書かれており、狭くて汚ないことしかわからない。
後の昭和三年（一九二八）に刊行された鏡子夫人の『漱石の思ひ出』の中にはこの別荘について次のように書かれている。

夏には子供たちを鎌倉へ海水浴にやつてやらうといふので、鎌倉にゐらつしやる菅さんにお

願ひして家を見ておいて戴き、私が出掛けてきめて來たのですが、菅さんが又神經質で、あの家は肺病やみがゐたからいけない、あの家はどうとなかなか詮議《せんぎ》がむづかしいのを、材木座の、私が若い頃よく行つた大木さんの別荘の近くに、小さいほんの二間かそこいらに臺所のくつついてる家を借りることに致しました。一夏百二十圓ばかりだつたと覺えてをります。

二間に台所がついて一夏一二〇円は鏡子夫人の記憶違いであるが、この件については後程触れる。

この別荘について『行人』では次のように表現されている。

別荘《べつさう》といふと大変人聞《たいへんひとぎゝ》が好《い》いやうですが、其実《そのじつ》は甚《はなは》だ見苦《みぐる》しい手狭《てぜま》なもので、構《かま》へからいふと、丁度東京《ちやうどとうきやう》の場末《ばすゑ》にある四五十円《ゑん》の安官吏《やすくわんり》の住居《すまひ》です。然《しか》し田舎丈《ゐなかだけ》に邸内《ていない》の地面《ぢめん》には多少《たせう》の余裕《よゆう》があります。庭《には》だか菜園《さいゑん》だか分《わか》らないものが、軒《のき》から爪下《つまさが》りに向《むか》ふの垣根迄続《かきねまでつゞ》いてゐます。其《そ》の垣《かき》には珊瑚樹《さんごじゆ》の実《み》が一面《めん》に結《な》つてゐて、葉越《はごし》に隣《となり》の藁屋根《わらやね》が四半分程《はんぶんほど》見えます。同《おな》じ軒《のき》の下《した》から谷《たに》を隔《へだ》てゝ、向《むか》ふの山《やま》が手《て》に取《と》るやうに見《み》えます。此山全体《このやまぜんたい》がある伯爵《はくしやく》の別荘《べつさう》地《ち》で、時《とき》には浴衣《ゆかた》の色《いろ》が樹《き》の間《あひだ》から見《み》えたり、女《をんな》の声《こゑ》が崖《がけ》の上《うへ》で響《ひゞ》いたりします。其崖《そのがけ》の頂《いたゞき》には高《たか》い松《まつ》が空《そら》を突《つ》くやうに聳《そび》えてゐます。我々《われ〳〵》は低《ひく》い軒《のき》の下《した》から朝夕此松《あさゆふこのまつ》を見上《みあげ》るのを、高尚《かうしやう》な課業《くわげふ》のやうに心得《こゝろえ》て暮《くら》してゐます。

もう一《ひと》つ此処《ここ》へ来《き》てから偶然《ぐうぜん》の恩恵《おんけい》に浴《よく》したと思《おも》ふのは、普通《ふつう》の宿屋《やどや》のやうに二人《ふたり》が始終《しじう》膝《ひざ》を突《つ》き合《あ》はして、一《ひと》つ部屋《へや》にごろ〳〵してゐないで済《す》む事《こと》です。家《いへ》は今申《いままを》した通《とほ》り手狭至極《てぜましごく》なものであります。門《もん》を出《で》て右《みぎ》の坂上《さかうへ》にある或《あ》る長者《ちやうじや》の拵《こしら》へた西洋館《せいやうくわん》などに比《くら》べると全《まつた》くの燐寸《マッチ》箱《ばこ》に過《す》ぎません。それでも垣《かき》を囲《めぐ》らして四方《はう》から切《き》り離《はな》した独立《どくりつ》の一軒家《けんや》です。窮屈《きうくつ》ではあるが間数《まかず》は五《いつ》つ程《ほど》あります。

〔…〕実際今迄通《じつさいいままでとほ》つて来《き》た山《やま》や海《うみ》のうちで、此処《ここ》が一番静《ばんしづか》に違《ちがひ》ないのです。兄《にい》さんと差向《さしむか》ひで黙《だま》つてゐると、風《かぜ》の音《おと》さへ聞《き》こえない事《こと》があります。多少八釜《たたせうや》しいと思《おも》ふのは珊瑚樹《さんごじゆ》の葉隠《はがく》れにぎい〳〵軋《きし》る隣《となり》の車井戸《くるまゐど》の響《ひゞき》ですが、兄《にい》さんは案外《あんぐわいっ》それには無頓着《むとんぢやく》です。兄《にい》さんは段々《だん〳〵》落付《おちつ》いて来《く》るやうです。私《わたくし》はもつと早《はや》く兄《にい》さんを此処《ここ》へ連《つ》れて来《く》れば好《よ》かつたと思《おも》ひました。

庭先《にはさき》に少《すこ》しばかりの畠《はたけ》があつて、其処《そこ》に茄子《なす》や唐《たう》もろこしが作《つく》つてあります。此茄子《このなす》を捥《も》いで食《く》はうかと相談《さうだん》しましたが、漬物《つけもの》に拵《こしら》へるのが面倒《めんだう》なので、つい已《や》めにしました。唐《たう》もろこしは未《ま》だ食《た》べられる程実《ほどみ》が入《い》りません。勝手口《かつてぐち》の井戸《いど》の傍《そば》に、トマトーが植《うゑ》てあります。それを朝顔《あさかほ》を洗《あら》ふ序《ついで》に、二人《ふたり》で食《く》ひました。

兄《にい》さんは暑《あつ》い日盛《ひざかり》に、此庭《このには》だか畑《はたけ》だか分《わか》らない地面《ぢめん》の上《うへ》に下《お》りて、凝《ぢつ》と蹲踞《しやが》んでゐる事《こと》があります。時々《とき〲》かんなの花《はな》の香《にほひ》を嗅《か》いで見《み》たりします。かんなに香《にほひ》なんかありやしません。凋《しぼ》んだ月見草《つきみさう》の花片《はなびら》を見詰《みつ》めてゐる事《こと》もあります。着《つ》いた日《ひ》抔《など》は左隣《ひだりどなり》の長者《ちやうじや》の別荘《べつさう》の境《さかひ》に生《は》えてゐる薄《すゝき》の傍《そば》へ行《い》つて、長《なが》い間《あひだ》立《た》つてゐました。私《わたくし》は座敷《ざしき》から其様子《そのやうす》を眺《なが》めてゐましたが、何時《いつ》迄《まで》経《た》つても兄《にい》さんが動《うご》かないので、仕舞《しまひ》に縁先《えんさき》にある草履《ざうり》を突掛《つゝか》けて、わざ〳〵傍《そば》へ行《い》つて見《み》ました。隣《となり》と我々《われ〳〵》の住居《すまひ》との仕切《しきり》になつてゐる其処《そこ》は、高《たか》さ一間位《いつけんぐらゐ》の土堤《どて》で、時節柄《じせつがら》一面《いちめん》の薄《すゝき》が蔽《お》ひ被《かぶ》さつてゐるのです。兄《にい》さんは近《ちか》づいた私《わたくし》を顧《かへり》みて、下《した》の方《はう》にある薄《すゝき》の根《ね》を指《ゆび》さしました。

薄《すゝき》の根《ね》には蟹《かに》が這《は》つてゐました。小《ちひ》さな蟹《かに》でした。親指《おやゆび》の爪位《つめぐらゐ》な大《おほ》きさしかありません。それが一匹《ぴき》ではないのです。しばらく見《み》てゐるうちに、一匹《ぴき》が二匹《ひき》になり、二匹《ひき》が三匹《びき》になるのです。仕舞《しまひ》には彼処《あすこ》にも此処《ここ》にも蒼蠅《うるさ》い程《ほど》眼《め》に着《つ》き出《だ》します。

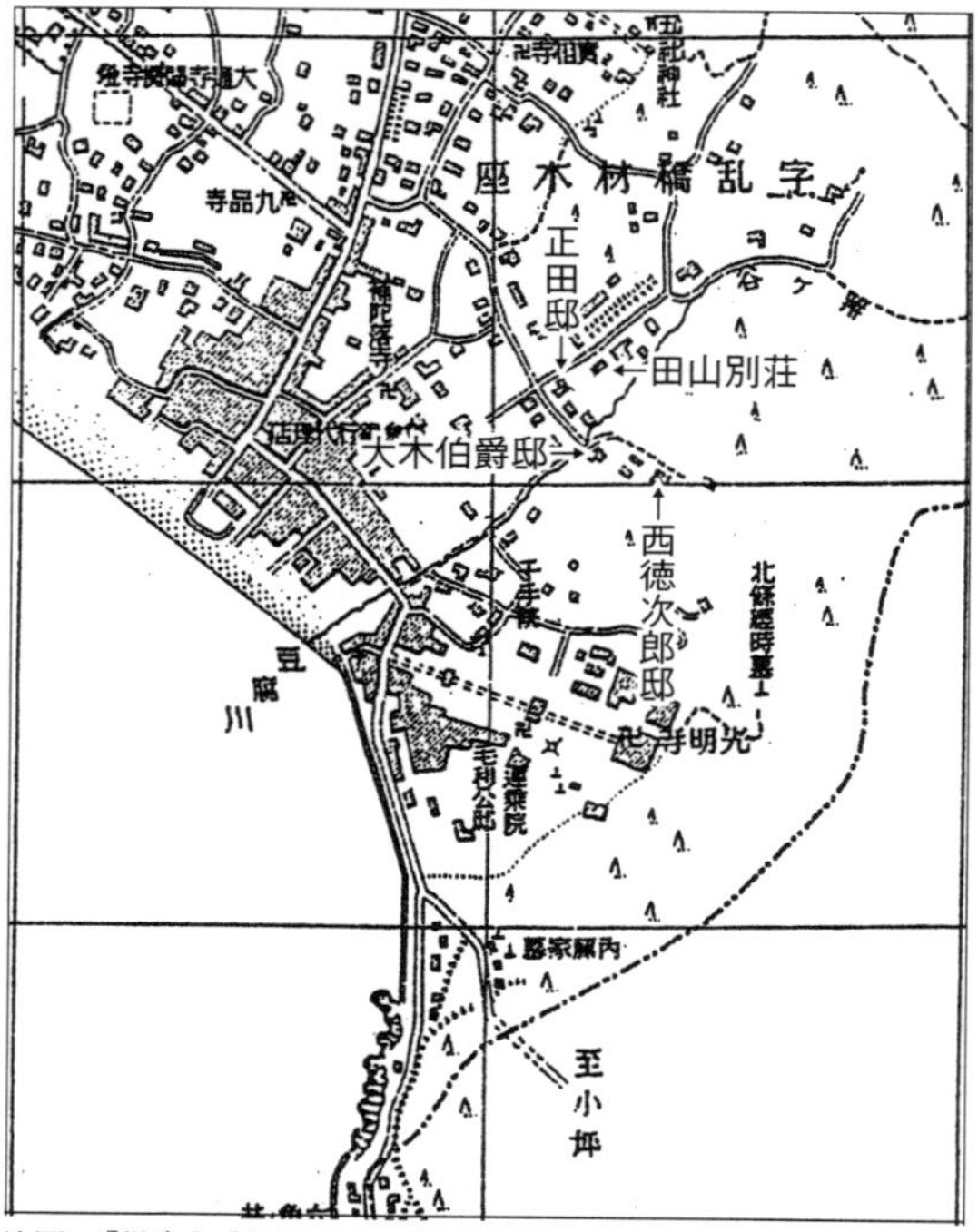

地図　『鎌倉』（大正８年11月刊、横浜市中央図書館蔵）

別荘は見苦しく手狭であるが部屋数は五部屋あり四、五〇円の家賃である。庭だか菜園だかわからないものがある。近くの山全体を所有する伯爵の別荘地がある。門を出て右の坂上にある長者の西洋館がある。庭先の畑に茄子、とうもろこし、トマトが植えてある。左隣に長者の別荘があり境に蟹が這っていた。などと書かれている。さらに引用以外の個所に別荘から海辺まで約三丁（三二七メートル）あり、西洋人の別荘があり、ピアノの音が聞こえてくると書かれている。

鎌倉が保養地として別荘が増えていったのは大船から造船所のあった横須賀まで横須賀線が明

治二二年（一八八九）六月一六日に開通したことによる。軍事目的であったため、建設が認可されるとわずか二年で開通した。

漱石が別荘を借りた当時の資料や地図を基に検証してみることにする。

当時　貸家　四二二戸

貸間　一九六戸（此の間数一〇三三）

（『現在の鎌倉』大橋良平著、明治四五年七月二一日発行）

この貸別荘のほか自分持ちの別荘が四〇〇戸あり、合計鎌倉の別荘は八〇〇戸余りで、湘南第一の別荘地である。貸別荘の間数は三間～一六間など種々あるが、一般に多くの避暑避寒客が常用するのは五間～八間である。鎌倉の別荘で平均的な五間のものは三畳、八畳、六畳、四畳半、六畳で相当の庭園がついている。家賃は常住一年くらい継続と夏期相場（七月八月の二カ月）と二種に分かれている。この平均的な常住は一カ月五間で一〇円～一五、六円で、夏期は二カ月で四五円～八〇円くらいが標準であると書かれている。尚、別荘の持ち主の一覧表もついていて、

鎌倉材木座六四二　東京、日本橋　印刷業　田山宗尭

〃　材木座六四〇　群馬、館林　醤油商　正田敏一郎

と書かれている。

田山別荘跡（現在）

これで判断すると鏡子夫人の二間で一夏一二〇円は間違いであることがわかる。
鎌倉の別荘の相場から推測すると、『行人』に書かれている五間で漱石の日記の四〇円が正しいようである。相場より少し安いのは安普請で見苦しい建物であったからと思われる。貸別荘を探したのは漱石の親友で面倒見のよい菅虎雄《すがとらお》である。菅は明治四二年の夏、妻静代を亡くし四三年に鎌倉由比ヶ浜に移転していた。菅は一生懸命探して歩いたがなかなか思い通りの物件が見つからず、結局鏡子夫人が実家の中根家と縁続きで若い頃よく行っていた大木達吉伯爵邸の近くで見つけることが出来た。
では田山別荘のあった材木座六四二番地とは現在のどの位置になるのか。

田山別荘から見た裏山（現在は松はない）

『湘南文学』第六号（平成六年発行）に掲載されている藤井淑禎《ふじいひでただ》の「紅ヶ谷の青い空――『行人』から『心』へ」の中で、藤井は法務局での調査により、土地を特定している。現住所では材木座六丁目九番一八号にあたるとのことである。当然山全体が伯爵の別荘地と書かれていて、その伯爵が大木伯爵であることは明らかである。門を出て右の坂上にある西洋館は藤井の推察では当時枢密院顧問をしていた西徳次郎（麻布区笄町）ではないかということだ。左隣の長者の別荘については何も書かれていないが、明治四五年刊行の『現在の鎌倉』にある別荘の持ち主の記述から、著者は正田家の別荘ではないかと考えている。

　材木座六丁目九番一八号の土地は平成六年頃は駿河銀行紅ヶ谷寮の敷地であったが最近売却さ

辨谷の石碑

れ、現在は数軒の住宅が建っている。左隣の正田邸も美智子皇后の父君が亡くなられた後売却され、同じく数軒の住宅が建ち昔の面影は全くない。近くの山は昔どおり存在するが、今は松はない。近くの古刹《こさつ》、浄土真宗の光明寺は山門も本堂も威容な姿を誇っている。

　現在は田山別荘のあった場所から、一〇〇メートルくらい東北に行った所に「辨谷」なる石碑が建っている。それには次のように書かれている。

　辨谷
元亨元年相模守北條高時ノ創建セシ金剛山崇壽寺ハコノ地域ニ在リシナリ道興准后ノ廻國雑記ニ記セシ紅谷ト田代系圖ニ據リ千葉介ノ敷地トスル別谷トハ共ニ辨谷ニ同ジトスル説アルモ詳ナラズ

昭和七年三月建　鎌倉町青年團

江戸時代にはこの地域を弁ヶ谷とも呼んでいたようである。別荘から海辺（材木座海岸）まで、三丁ほどあったと『行人』に書かれているが、実際そのくらいあり記述は正しい。

兄の一郎はどこに行っても落ち着けなかったのに紅ヶ谷に来てからは平穏を保つことが出来、正にユートピアであったのである。

二、清の話

清《きよ》といえば名作『坊っちゃん』に登場する坊っちゃんに盲目的な愛情をそそぐ、心やさしい老女のお手伝いさんとして有名である。

『坊っちゃん』にはこのように書かれている。

〔…〕おやぢがおれを勘当すると言ひ出した。
　其時はもう仕方がないと観念して先方の云ふ通り勘当される積りで居たら、十年来召し使つて居る清《きよ》と云ふ下女が、泣きながらおやぢに詫《あや》まつて、漸《ようや》くおやぢの怒りが解けた。それにも関らずあまりおやぢを怖いとは思はなかつた。却《かえ》つて此清と云ふ下女に気の毒であった。此下女はもと由緒のあるものだつたさうだが、瓦解のときに零落して、つい奉公迄する様になつたのだと聞いて居る。だから婆さんである。此婆さんがどう云ふ因縁か、おれを非常に可愛がつて呉れた。不思議なものである。母も死ぬ三日前に愛想をつかした――おやぢも年中持て余してゐる――町内では乱暴者の悪太郎と爪弾《つまはじ》きをする――此おれを無暗に珍重してくれた。おれは到底人に好かれる性《たち》でないとあきらめて居たから、他人から木の端《はし》の様に取り扱はれるのは何とも思はない、却って此清の様にちやほやしてくれるのを不審に考へた。清は時々台所で人の居ない時に「あなたは真っ直でよい御気性だ」と賞《ほ》める事が時々あつた。然しおれには清の云ふ意味が分からなかつた。好い気性なら清以外のものも、もう少し善くしてくれるだらうと思つた。清がこんな事を云ふ度におれは御世辞は嫌だと答へるのが常であつた。すると婆さんは夫《それ》だから好い御気性ですと云つては、嬉しさうにおれの顔を眺めて居る。自分の力でおれを製造して誇つてる様に見える。少々気味がわるかった。

母が死んでから清は愈《いよいよ》おれを可愛がつた。時々は小供心になぜあんなに可愛がるのかと不審に思つた。つまらない、瘦《よ》せばいゝのにと思つた。気の毒だと思つた。夫でも清は可愛がる。

（『坊っちゃん』一）

『坊っちゃん』は明治三九年（一九〇六）に、雑誌『ホトトギス』の四月号で発表された小説である。坊っちゃんは明治一五年生れの満二三歳の青年で、清は徳川幕府の崩壊で明治維新になって零落したもと由緒あるものだったと書かれているから、漱石が養子に行った塩原昌之助の後妻、日根野かつ、れん母子のように旗本の出であったかもしれない。

母も死に父も死に、兄から財産分けをしてもらった坊っちゃんは物理学校に三年通い、卒業後、四国のある中学校に数学の教師として赴任することになる。父の死後、清は裁判所の書記を務める甥の所にやっかいになっていた。三年間、時々会っていた清とも別れ、四国の中学校へ赴任する。

土地名も学校名も書かれていないが、明らかに松山の愛媛県尋常中学校がモデルになっている。松山は一五万石の城下なのに二五万石の城下と書かれていたり、道後温泉のことを住田の温泉と書かれていたり、町名も架空の町名が書かれている。

中学校での坊っちゃんと山嵐の生徒や、先生、住民との痛快なやりとりは御承知の通りである。最後に卑劣な赤シャツや野だいこに生卵をぶっつけたり、ぽかりぽかりと撲《なぐ》ったりとさんざやっつけた坊っちゃんと山嵐は東京に引きあげてくる。

最後に清について次のように書かれている。


清の事を話すのを忘れて居た。——おれが東京へ着いて下宿へも行かず、革鞄《かばん》を提げた儘、清や帰つたよと飛び込んだら、あら坊つちやん、よくまあ、早く帰つて来て下さつたと涙をぽたぽたと落した。おれも余り嬉しかつたからもう田舎へは行かない、東京で清とうちを持つんだと云つた。

其後ある人の周旋で街鉄《がいてつ》の技手になつた。月給は二十五円で、屋賃《やちん》は六円だ。清は玄関付きの家でなくつても至極満足の様子であつたが気の毒な事に今年の二月肺炎に罹《かか》つて死んで仕舞つた。死ぬ前日おれを呼んで坊つちやん後生だから清が死んだら、坊つちやんの御寺へ埋めて下さい。御墓のなかで坊つちやんの来るのを楽しみに待つて居りますと云つた。だから清の墓は小日向《こびなた》の養源寺にある。

(『坊っちゃん』十一)

街鉄とは東京市街鉄道会社の略で東京市内に三社あった民営の電車会社の一つである。明治三六年九月一五日に数寄屋橋—神田橋間で営業を始め、明治三九年九月一一日に東京電気鉄道と東京電車鉄道と共に三社で合併して東京鉄道株式会社が設立された。さらに明治四四年八月一日に東京市が買収して市電となった。

技手とは技術官のことである。坊っちゃんの御寺は小日向の養源寺であると書かれているが小日向に養源寺というお寺はない。夏目家本家の御墓のある浄土真宗の本法寺がモデルになっていることに疑いない。本法寺については後の項「漱石、母千枝の墓まいりをする」でくわしく述べる。

次に清は意外にも『吾輩は猫である』に登場する。『吾輩は猫である』は『ホトトギス』に明治三八年一月号から、三九年八月号まで飛び飛びに第一一回まで連載された小説である。『ホトトギス』は高浜虚子が発行人の雑誌で虚子に勧められて一回だけのつもりで書いたのだが、評判がよかったため、続編を書きたすうちに一一回までと長編小説になってしまった。

ところで主人公の珍野苦沙弥《ちんのくしゃみ》家のお手伝いさんは第一回〜第一〇回で〝おさん〟〝下女〟〝御三〟などと書かれ、最終章の第一一回になって次のように書かれている。

「もう大抵にするがいゝ。もう奥方の御帰りの刻限だらう」と迷亭先生がからかひ掛けると、茶の間の方で

「清《きよ》や、清や」と細君が下女を呼ぶ声がする。

「こいつは大変だ。奥方はちやんと居るぜ、君」

「ウフヽヽヽ」と主人は笑ひながら「構ふものか」と云つた。

（『吾輩は猫である』十一）

おさんは〝さん〟が貴族の邸の三の間のことで下婢のいる所という意味から下女のことをいうようになった。漱石は御三とも書いている。『吾輩は猫である』では最後に近い所で上記のごとく、一度だけ清と呼んでいるだけなのでほとんどの人が気づいていない。

『吾輩は猫である』は漱石の処女作ではあるが、連載の途中の第一〇回と『坊っちゃん』が「ホトトギス」の明治三九年四月号に同時に掲載されている。つまり、『吾輩は猫である』のお手伝いさんが命名されたのは、『坊っちゃん』より後ということになる。

三人目の清は『門』の中に登場する。

『門』は明治四三年三月一日から六月一二日まで東京、大阪の両朝日新聞に一〇四回にわたって連載された小説である。『三四郎』、『それから』と共に三部作といわれ、主人公の野中宗助が妻のお米と婆やのお手伝いさんと三人で崖下の粗末な借家でひっそりと生活している。お米は友人の妻だった女である。幸福ではないとわかったお米を友人から奪ったため、ほとんどの親類や知人と交際が絶たれていた。高等学校に通う宗助の弟の小六と小六が世話になっている叔母と息子、それに坂の上に住む裕福な大家の坂井くらいの狭い交際範囲の中で話は進んで行く。

小六が宗助の家を訪ねて来た時の野中家の様子が次のように書かれている。

「御米《よね》、御米《よね》」と細君を台所から呼んで、

「小六が来《き》たから、何か御馳走でもするが好《い》い」と云ひ付《つ》けた。細君は、忙《いそ》がしさうに台所の障子を開《あ》け放《はな》した儘出《で》て来て、座敷の入口《いりぐち》に立つていたが、此分《わか》り切《き》つた注意を聞くや否や、

「え、今直《ぢき》」と云つたなり、引き返《かへ》さうとしたが、又戻《もど》つて来《き》て、

「其代り小六《ころく》さん、憚《はゞか》り様。座敷《ざしき》の戸《と》を閉《た》てて、洋燈《ランプ》を点《つ》けて頂戴。今私《わたし》も清《きよ》も手《て》が放《はな》せない所だから」と依頼《たの》んだ。小六は簡単に、

「はあ」と云つて立ち上《あ》がつた。

勝手では清《きよ》が物《もの》を刻《きざ》む音《おと》がする。湯か水をざあと流しへ空《あ》ける音《おと》がする。「奥様是は何方《どちら》へ移しますか」と云ふ声がする。「姉《ねえ》さん、ランプの心《しん》を剪《き》る鋏《はさみ》はどこにあるんですか」と云ふ小六の声がする。しゆうと湯が沸《たぎ》つて七輪《しちりん》の火へ懸《か》つた様子である。

（『門』二の三）

野中家では婆やの清の存在はほとんどなく、この後にもう一度だけ、日常の夕食の仕度をしている時に登場するくらいである。

台所《だいどころ》へ出《で》てみると、細君は七輪の火を赤くして、肴《さかな》の切身《きりみ》を焼いてゐた。清《きよ》は流し元に曲《こゞ》んで漬物《つけもの》を洗つてゐた。二人《ふたり》とも口《くち》を利《き》かずにせつせと自分の遣《や》る事を遣《や》つてゐる。宗助は障子を開《あ》けたなり、少時《しばらく》肴《さかな》から垂《た》る汁《つゆ》か膏《あぶら》の音《おと》を聞《き》いてゐたが、無言の儘《〔まま〕》又障子を閉《た》て、元《もと》の座へ戻つた。細君は眼《め》さへ肴《さかな》から離《はな》さなかつた。

（『門』四の一）

もう一人、キヨは漱石夫人のことである。戸籍名キヨ、通称鏡子、鏡は広島県深安郡福山町西町の士族、中根重一の長女として誕生する。

中根重一は嘉永四年（一八五一）備後福山藩の貧しい藩士の家に生まれる。秀才だったため貢進生に選ばれ、明治四年に上京して東京帝国大学医学部の前進、大学東校に入学する。卒業の一年前に退学して、帝国図書館の前身、書籍館に勤務する。

中根重一（円内）と漱石と鏡子の見合いが行われた
貴族院書記官長舎（木挽社提供）

明治一〇年、新潟医学所にドイツ語通訳兼助教授として赴任、月給は五〇円であった。オランダ人医師フォックの通訳を務める傍ら、医学書『眼科提要』の訳書を刊行した。六月長女鏡子誕生。一二年から一三年にかけて新潟でコレラが大流行し、「虎列刺《コレラ》病論」を訳述した。この間、教頭に昇進、新潟病院副院長になる。一四年東京に戻り辞書を出版、一五年、太政官翻訳局に勤務する。鏡子夫人の『漱石の思ひ出』に「私が五つ六つのころ、祖父が内職に沓下をあみ、洋傘の骨などを磨いていた」と書かれているのはこの頃のことであろう。明治二七年二月、法制局参事官兼書記官、逓信省参事官から貴族院書記官長になり内幸町の官舎に入る。

漱石と鏡子の見合いのきっかけは漱石の三兄直矩《なおただ》が牛込郵便局に勤務していて同僚の小宮山次郎八がもうその頃には楽隠居をしていた鏡子の祖父と近所の碁会所で囲碁仲間という関係から紹介され、写真交換をしたことによる。明治二八年一二月二八日、貴族院書記官長舎宅で見合いをし、間もなく婚約が成立する。

鏡子は長女で特に大切にされたためか、他の妹達や弟達と違い尋常小学校卒業後は家庭教師をつけて勉強させ、女学校に通わせていない。ちなみに次女時子と三女梅子は華族女学校、四女豊子は東京女学校、長男倫は東京帝国大学法科大学、次男壮任《たけとう》は名古屋商工を卒業している。

漱石は生涯、夫人のことをキヨと呼んでいない。夫人宛の手紙、葉書三四通のうち鏡子と書かれているのが五通のみであとは全て鏡《キヨウ》である。普段の生活では鏡子で通していたようである。

ところでもう一人清がいる。

漱石の実母千枝は明治一四年一月九日に亡くなるのであるが、漱石は麴町内山下町の長兄大助の官舎に行っていたため、死に目に遭うことは出来なかった。明治八年一二月頃、養子先の塩原家から、塩原姓のまま夏目家に戻されるのであるが、特に父直克をはじめ家族からじゃまもの扱いされていた。その中で母だけは可愛いがってくれたという。

ちょうどこの頃、夏目家のお手伝いさんの中に清という老女がいて、この清が大変親切にしてくれたという話である。

この清がいつからいつまで夏目家にいたかわかっていない。大正四年東京、大阪朝日新聞に同時掲載された随筆『硝子戸の中』の「二九」に次のように書かれている。

私は両親の晩年《ばんねん》になつて出来《でき》た所謂《（いわゆる）》末《すゑ》ツ子である。私を生《う》んだ時、母《はゝ》はこんな年歯《とし》をして懐妊《にん》するのは面目ないと云つたとかいふ話《はなし》が、今《いま》でも折々は繰《く》り返《かへ》されてゐる。

単《たん》に其為《そのため》ばかりでもあるまいが、私の両親は私が生《うま》れ落《お》ちると間《ま》もなく、私を里《さと》に遣《や》つてしまつた。其里《さと》といふのは、無論私の記憶に残《のこ》つてゐる筈《はづ》がないけれども、成人《せいじん》の後《のち》聞《き》いて見《み》ると、何《なん》でも古《ふる》道具《ぐ》の売買《ばい〱》を渡世にしてゐた貧《まづ》しい夫婦ものであつたらしい。

私は其道具屋の我楽多《がらくた》と一所に、小《ちい》さい笊《ざる》の中《なか》に入れられて、毎晩四谷《まいばんよつや》の大通《おほどほ》りの夜店《よみせ》に曝《さら》されてゐたのである。それを或晩《あるばん》私の姉が何《なに》かの序《ついで》に其所《そこ》を通《とほ》り掛《か》つた時見付《ときみつ》けて、可哀想とでも思つたのだらう、懐《ふところ》へ入《い》れて宅《うち》へ連《つ》れて来《き》たが、私は其夜《よ》どうしても寐付《ねつ》かずに、とう〱一晩中《ひとばんぢう》泣《な》き続《つゞ》けに泣《な》いたとかいふので、姉《あね》は大いに父《ちゝ》から叱《しか》られたさうである。

私は何時《いつ》頃《ごろ》其里《そのさと》から取《と》り戻《もど》されたか知《し》らない。然しぢき又ある家《いへ》へ養子に遣《や》られた。それは慥《たしか》私の四《よつ》つの歳《とし》であつたやうに思ふ。私は物心《ものごゝろ》のつく八九歳《さい》迄《まで》其所《そこ》で成長したが、やがて養家に妙なごた〱が起《おこ》つたため、再び実家へ戻《もど》る様な仕儀となつた。

里子にやられた道具屋は諸説があるが、現在ではここに書かれているように四谷で夜店をやる道具屋で夏目家にいたお手伝いさんのお松の姉夫婦の家であったというのが正しいようである。

浅草から牛込へ遷《うつ》された私は、生《うま》れた家《うち》へ帰《かへ》つたとは気が付《つ》かずに、自分の両親をもと通り祖父母とのみ思つてゐた。さうして相変らず彼等を御爺《おぢい》さん、御婆《おばあ》さんと呼《よ》んで毫も怪《あや》しまなかつた。向《むかふ》でも急に今迄の習慣を改めるのが変だと考へたものか、私にさう呼《よ》ばれながら澄《す》ました顔《かほ》をしてゐた。

私は普通の末《すゑ》ツ子《こ》のやうに決して両親から可愛がられなかつた。是は私の性質が素直《すなほ》でなかつた為《ため》だの、久《ひさ》しく両親に遠ざかつてゐた為《ため》だの、色々の原因から来《き》てゐた。とくに父《ちゝ》からは寧《むし》ろ苛酷に取扱《とりあつ》かはれたといふ記憶がまだ私の頭《あたま》に残つてゐる。それだのに浅草から牛込へ移《うつ》された当時の私は、何故《なぜ》か非常に嬉《うれ》しかつた。さうして其嬉《うれ》しさが誰《だれ》の目《め》にも付《つ》く位に著《いちゞ》るしく外《そと》へ現《あら》はれた。

馬鹿な私は、本当の両親を爺婆《ぢいばゞ》とのみ思ひ込んで、何《ど》の位の月日《つきひ》を空《くう》に暮《く》らしたものだらう、それを訊《き》かれると丸《まる》で分《わか》らないが、何《なん》でも或夜《あるよ》斯《こ》んな事《こと》があつた。

私がひとり座敷に寐《ね》てゐると、枕元の所で小《ちい》さな声《こえ》を出して、しきりに私の名を呼ぶものがある。私は驚ろいて眼《め》を覚《さ》ましたが、周囲《あたり》が真暗《まつくら》なので、誰《だれ》が其所《そこ》に蹲踞《うづくま》つてゐるのか、一寸《ちよつと》判断が付《つ》かなかつた。けれども私は小供だから唯凝《たゞぢつ》として先方《せんぽう》の云ふ事丈《こと》を聞《き》いてゐた。するとと聞《き》いてゐるうちに、それが私の家《うち》の下女の声《こえ》である事《こと》に気が付《つ》いた。下女は暗《くら》い中《なか》で私に耳《み》語《ゝこすり》をするやうに斯《か》ういふのである。――

「貴方《あなた》が御爺《おぢい》さん御婆《おばあ》さんだと思つてゐらつしやる方《かた》は、本当はあなたの御父《おとつ》さんと御母《おつか》さんなのですよ。先刻《さつき》ね、大方《おほかた》その所為《せゐ》であんなに此方《こつち》の宅《うち》が好《すき》なんだらう、妙なものだな、と云つて二人《ふたり》で話《はな》してゐらしつたのを私が聞《き》いたから、そつと貴方《あなた》に教《おし》へて上《あ》げるんですよ。誰《だれ》にも話《はな》しちや不可《いけま》せんよ。よござんすか」

私は其時たゞ「誰《だれ》にも云はないよ」と云つたぎりだつたが、心《こゝろ》の中《うち》では大変嬉《うれし》しかつた。さうして其嬉《うれ》しさは事実《じじつ》を教へて呉れたからの嬉《うれ》しさではなくつて、単《たん》に下女が私に親切だつたからの嬉《うれ》しさであつた。不思議にも私はそれ程嬉《うれ》しく思《おも》つた下女の名も顔《かほ》も丸で忘れてしまつた。覚《おぼ》えてゐるのはたゞ其人《ひと》の親切丈である。

親切にしてくれたお手伝いさんの名も顔も忘れてしまったと書かれていて、この人が清であったのかどうかはわかっていない。

漱石は何故、主な三つもの小説のお手伝いさんの名前を〝清〟にしたのか。

三人の〝清〟は全く性格の違う人物に描かれている。

鏡子夫人の戸籍名を少しは意識していたのだろうか。

『坊っちゃん』の清は夏目家にいたお手伝いさんをモデルにして書いたのだろうか。夏目家にいたお手伝いさんについては具体的にどんな人物か全くわかっていないので、判断はつきかねる。

どう考えても著者の謎ときは出来ないのである。

三、漱石に孫は何人いるか

漱石は孫の顔を一人も見る事もなく死んだ。漱石の孫が何人いるかは子供達のその後の運命にかかわるところが大きい。

子供達は漱石の死亡時、長女筆子《ふでこ》が満一七歳、次女恒子《つねこ》一五歳、三女栄子《えいこ》一三歳、四女愛子《あいこ》一一歳、長男純一《じゅんいち》九歳、次男伸六《しんろく》八歳で五女ひな子は明治四四年（一九一一）一一月二九日に一歳八カ月ですでに死亡していた。

子供達の中で特に長女筆子については門下生の久米正雄と松岡譲の間で恋敵のようにいわれ、松岡譲との結婚に関してはあることないことが伝えられたこともあり一番知られている。

この件に関しては松岡譲・筆子の四女の半藤末利子《はんどうまりこ》さんの言葉を借りるのが一番正確だと思われるので、著書『夏目家の糠みそ』ＰＨＰ研究所の一節「父・松岡譲のこと」より引用する。

漱石門下であった父と久米は漱石没後、夏目家と深いかかわりを持つようになった。父にとって筆子は高嶺の花以上の冒すべからざる神聖な領域に属する存在で、己の配偶者にしようなどとは露考えも及ばないことであった。一方、久米は筆子に恋心を抱き結婚を申し込む。奥手で女性に免疫のない父は、ゆくゆくは友と結ばれるかもしれない筆子に、装うこともなくむしろ無防備に接してきた。ところが、あろうことか、その筆子の自分に対するひたむきな愛を知らされてしまうのである。父の驚愕《きょうがく》はいかばかりであったか。筆子の気持ちを受け入れようと決意するまでの父の迷い、苦渋、懊悩《おうのう》は計り知れないものであった。しかし父は筆子の命がけの愛にこたえんがために、敢えて祝福されない結婚に踏み切った。親友を失い、仲間から孤立し、先輩を敵に回し、甘んじて世間の非難を浴びた。温々《ぬくぬく》とした環境に浸ることを許さなかった。そして結果的に久米を不幸にしたことに対して、自身を奈落につき落とすことで、自らに制裁を加えようとした。十年間は筆を断つことを誓い、燃え盛る創作意欲に自ら水をかけたのである。一たん消されたものに点火しようとしても燻《くすぶ》るだけで、元の勢いの炎に戻すことは至難のことだ。「『君、書きなさいよ。書かなくちゃ駄目だよ』と滝田樗陰《ちょいん》（「中央公論」主幹）によく言われたもんだが、実際書かないと書けなくなるもんだね」と、しみじみと一度だけだが父が言ったことがある。十年の沈黙は父を生涯を通じての寡作作家たらしめたのであった。

第四次「新思潮」の同人、芥川龍之介は純文学で、久米正雄は大衆文学で、菊池寛は最初は純文学、後に大衆文学で名を成し、実業家としても成功した。松岡譲は実力がありながら作家としては不運だったといわざるを得ない。

松岡と筆子の間には二男四女が生まれた。そのうち四人はすでに故人になり、三女の陽子さんは津田塾専門学校（現津田塾大学）を卒業後ガリオア（現フルブライト）資金で米国オレゴン大学に留学する。アメリカ人と結婚、同大学で教授になり、三〇年間にわたり、日本語と近代文学を教える。現在は同大学の名誉教授、松岡陽子マックレインである。四女の末利子さんは上智大学を卒業、昭和史研究家の半藤一利氏夫人で一〇年ほど前からエッセイストとしても活躍、『夏目家の糠みそ』『漱石夫人は占い好き』（共にＰＨＰ研究所刊）などの筆書がある。

尚、筆子、本名〝筆〟は命名の時、漱石は鏡子夫人が悪筆であったため、この子だけはせめて字が上手になって欲しいとの願いから名付けたという。

『文藝春秋』の昭和四一年（一九六六）三月号で筆子は「母より一層悪筆になってしまったのですから本当に皮肉な事でございます。なまじ父の願いが込められている為に、下手な字で署名する度に恥しい思いを致します」と語っている。

次女恒子の生涯について、特に結婚については微妙なニュアンスがあるので、松岡陽子マックレイン著『漱石夫妻　愛のかたち』（朝日新聞社刊）の「恒子叔母」の項を引用する。

恒子叔母は、祖母の選んだ男性と結婚して子供を三人もうけたが、結婚自体はあまり幸福なものではなかった。夫は当時名のある金満家の子息だったそうだが、あまり頼りがいのある人ではなかったらしく、叔母は子供たちを連れて、しばらくして別れた。(注)それがいつ頃のことなのかははっきりしないが、私たちきょうだいがはじめて沼津に遊びに行った時には、まだ彼は家族と一緒にいたように覚えている。いとこたちはみないい子で、学校が長い休みに入ると、祖母の家で一緒に遊んだ懐かしい思い出がたくさんある。孫のなかで私より年上で今も生きているのは、この二人の従姉だけである。

恒子叔母が結婚したときは祖母もお金がある時だった。また、相手も金満家の息子だったので、盛大な結婚式をあげたそうだ。当時は花嫁の数年間分の着物を用意していくのが習慣で、貧乏なら一棹《ひとさお》簞笥の結婚、三棹、五棹、七棹、九棹簞笥と、お金が掛かった分、数は大きくなっていった。花嫁が実家を出るとき、その簞笥を男衆が担ぎ、通りを練り歩きながら相手の家まで届けたそうだ。恒子叔母の時は、七棹だか九棹で、どこのお大名のお姫様の結婚式だろうと見物がでたほどだったと母から聞いた。私の父は、このお婿さんの頼りなさに早々に気づき、祖母に「この結婚はお止めになった方がいいのではないですか」と忠告したそうだが、祖母は相手の家柄とお金に目がくらんだらしく、父の提案に応じなかったとか。

（引用者注、離婚したかのように受け取れるが、離婚はしていない。）

恒子は一男二女に恵まれたが、インフルエンザに罹り、三五歳の若さで他界している。報知を受けて、愛子と伸六の二人の姉弟が幼少の頃よりかかりつけの医者と共に沼津へ出かけて行った時にはすでに手遅れの状態であった。一汽車遅れて到着した鏡子夫人は死に目に遭えなかった。夫は入院中で、病室の枕もとで洗面もせず小学生の二人の娘とその弟が不安そうにしている姿が哀れであったという。

三女栄子は一生独身をとおした。双葉高等女学校を卒業してフランス語教員免許、生け花、ピアノの先生の資格も得たが身体が弱かったので、鏡子夫人は鎌倉の材木座に一軒家を持たせ、お手伝いさんをつけて生活させていた。鏡子夫人から気の進まぬ結婚を勧められ、それが嫌で結婚をしなかったという。

漱石の死後、芥川龍之介が栄子なら「まあいい」と鏡子夫人に言ったという話であるが、どこまで本当で本気であったかどうかはわからない。

西片町時代の明治四〇年（一九〇七）から早稲田南町時代の明治四三年まで三年間夏目家に行儀見習いで住み込んでいた鏡子夫人の母親の妹の娘である山田房の談話「真面目な中に時々剽軽なことを仰しゃる方」昭和一〇年一二月、の中で〝お子さん方の中では一番栄子さんを可愛がっていらしたようで御座いますね〞と証言している。

ところが、漱石の次男伸六の「父の日記と子供達」（『父、夏目漱石』文藝春秋）の中に次のように書かれている。


〔…〕私が相應に物心がついてからの父に就いては、不幸にして、唯恐ろしかつたと云ふ記憶のみ鮮明である。私ばかりでなく、他の兄弟達も、當時の思ひ出はいづれ私と大差ないと思ふ。唯、私等兄弟のうちで、たつた一人、少しも父をこはがらなかつた子供が居る。すぐ上の愛子と云ふ姉で、父の胸には、外の子供に比較して、自分を少しも恐れぬ此子供の氣持が、特に敏感に映じたのではないのか、兎に角、父は此の姉を一番可愛がつて居た様である。日記中にも、

「昨夜アイ子と寝る。夜中に、わが腹を蹴る事幾度なるを知らず」

とある様に、此姉はよく父と一緒に寝たりして居た。恐らく、私等兄弟の中で、殆ど父から怒られた事のないのは、この姉丈けで、それは寧ろ、それ自身私等には非常に不思議な事實としか思へないのである。

愛子を一番可愛がっていたと言っている。明治末期頃の日記や書簡からひろってみると、

「エイ子を抱いて寐る」

「夜愛子熱出る。氷で頭を冷やす、エイ子を相手に鞠《まり》をつく」

「こたつで愛子とふざけて遊ぶ。御八つの焼芋を食ふ」

とある、

明治四五年一月二四日、内田《うちだ》百閒《ひやつけん》への葉書には、

〝水密缶詰小包にて御送難有拝受。病児とともにあまき汁を吸ふ積に候〟とある。

病児とは愛子のことで肺炎に罹っていた。水密桃が食べたいと言っていたのを百閒が聞きつけて送ってあげたものと思われる。

栄子と愛子が他の四人の子供と違った扱いを受けていたことについては後の愛子の項で述べる。栄子は七五歳三カ月で死去している。

四女愛子は栄子と同じく、双葉高等女学校を卒業後、三菱倉庫に勤務していた仲地宗睦《なかちむねむつ》と結婚した。最初横浜に住んでいたが、戦災に遭い葉山に引っ越した。

愛子と一番仲のよかった栄子は独身の気楽さも手伝って、ちょくちょく葉山の愛子の家へ遊びに行っては泊まっていったという。遊びばかりではなく、愛子が昭和二一年に長男出産の折は泊まりがけで出産の手伝いや生まれた子供の世話をしたという。体調のすぐれなかった愛子は長男の世話をその後も頼んでいたので長男の漱祐《そうすけ》氏は栄子と愛子のどちらが本当の母親かわからなくなってしまったというエピソードが残っている。大学時代は鏡子夫人亡きあとの池上で生活していた栄子のもとより通学している。

その後、愛子には長女も誕生した。実は愛子が一度だけ、父漱石の思い出を文章にしている。それは長女一恵《かづえ》さんが大船の清泉女学院に在学中の高二の時、校友誌に「父漱石の霊に捧ぐ」と題して、特別寄稿をしているのである。

その中で特筆すべきは次のことである。

私には病気が起こっている時の父と、普通の折の優しい父とでは、其の声音、態度などでよく読みとれる。父から其の日受ける感じだけでさえ、すぐそれと解った。私と同様姉栄子もそうだったのだろう。だが他の子は父の頭は絶えず気むづかしく病的なものだと思って怖れていたらしい。

愛子は漱石が病気の時と正常な時と区別がついたと言っている。大正五年漱石が死亡した時、愛子は満一一歳であった。その数年前の話なので、驚くべき事実である。

左から栄子、愛子

もう一つ特筆すべきことは次男伸六が『父・夏目漱石』の中で父に対する一番強烈な思い出として語られている、いわゆる射的場での出来事である。

恐らくまだ私が小学校へあがらない、小さい時分のことだったろう。丁度薄ら寒い曇った冬の夕方だった。私は兄と父と三人で散歩に出たことを覚えている。父の方から私等を散歩に誘うことなどはなかったから、おおかたこの時も私等が「つれてって、つれてって」と無理に父の後へひっついて行ったものだろう。道はどういう道を通って行ったか、うろ覚えにさびれた淋しい裏町を通りながら、私等はいつの間にか、いろいろと見世物小屋の立ち並んだ神社の境内へ入っていた。親の因果が子に報いた薄気味悪いろくろっ首や、看板を見ただけでも怖気《おじけ》をふるう安達ヶ原の鬼婆《おにばば》など、沢山並んだ小屋がけのうちに、当時としてはかなり珍しい軍艦の射的場があり、私の兄がその前に立ち止ってしきりと撃ちたい、撃ちたいとせがんでいた。恐らく私も同様、兄と一緒にそれを一生懸命父にねだっていたことだろう。父は私等に引っ張られて、むっつりと小屋の中へ入って来た。暗い小屋の内部の突当りに、電気で照らされた明い舞台があり、ここかしこと遠く近く砲火を交える小さい軍艦を二三艘描いた青い油絵の大海原を背景に、電気仕掛の軍艦が次から次へ静々と通過していた。ガランとした小屋の中には、客が二三人いるばかりで、そのうち当の射撃者はただ一人しかいなかった。撃った弾丸が命中すると、軍艦がぱっと赤い火焔を噴いて燃えあがりながら、それでも依然として何の衝撃も受けぬらしく、その軍艦は今まで通り静々と舞台の上を過ぎて行く。私はもちろんそれが本当に燃えるものとは思わなかったが、それでもどうしてあんなに本当らしく燃えるのだろうと、子供心に驚異の眼を見張りながら、一心不乱にこの光景を眺めていた。すると、

「おい？」突然父の鋭い声が頭の上に響いた。

「純一、撃つなら早く撃たないか」

私は思わず兄の顔へ眼を移した。兄はその声に怖気づいたのか急に後込《しりご》みしながら、

「羞《はず》かしいからいやだあ」

と、父の背後にへばりつくように隠れてしまった。私は兄から父の顔へ眼を転じた。父の顔は幾分上気をおびて、妙にてらてらと赤かった。

「それじゃ伸六お前うて」

そういわれた時、私も咄嗟《とっさ》に気おくれがして、

「羞かしい……僕も……」

私は思わず兄と同様、父の二重外套《まわし》の袖の下に隠れようとした。

「馬鹿っ」

その瞬間、私は突然怖ろしい父の怒号を耳にした。が、はっとした時には、私はすでに父の一撃を割れるように頭にくらって、湿った地面の上に打倒《ぶったお》れていた。その私を、父は下駄ばきのままで踏む、蹴る、頭といわず足といわず、手に持ったステッキを滅茶苦茶に振り回して、私の全身へ打ちおろす。兄は驚愕のあまり、どうしたらよいのか解らないといったように、た

だわくわくしながら、夢中になってこの有様を眺めていた。

この事について、伸六は父と兄と三人で行ったと書いているが、実は愛子も一緒に四人で行ったのだと証言している。

行った場所は浅草であったという。〝その日の父の顔は優しい父ではなかった。顔には怖しい神経衰弱の兆候が一と目で解る程であった〟と言い、〝行きたくなかったが、行きたくないと言えば、怖しい険しい顔で「何故行かないんだ」と問いつめられるので行くしかないと思った。その結果、あの不幸な出来事が起きてしまった。うじうじして尻込みばかりしている態度が、病的な父の癇癪が常識の世界を乗り越えて、非常識きわまる、ああした行為になって表れたのではないか〟と言っている。

一方伸六は大人になってから、漱石の全集を読んでいたら次の文章に遭遇した。

「……私の小さな子供などは非常に人の真似をする。一歳違いの男の兄弟があるが、兄貴が何か呉れと云えば弟も何か呉れと云う。兄が要らないと云えば弟も要らないと云う。兄が小便がしたいと云えば弟も小便がしたいと云う。総て兄の云う通りをする。丁度其後から一歩々々ついて歩いて居る様である。恐るべく驚くべく模倣者である。」

仲地一家。仲地宗睦、愛子、漱祐、一恵

漱石の生来の激しい模倣嫌いが、病気も手伝ってあのような行為に至ったのだろうと述懐しているのである。

それからもう一つ面白いエピソードを紹介している。

漱石は熊本で長女筆子が生まれ、ロンドン留学中に恒子が生まれた。次は男児を希望していたのに三番目も四番目も女児であった。

三番目も四番目も女とあっては名前など考えていなかった。その結果、エイアイと掛け声のような勇ましい変な名前をつけられてしまった。それで二人はものごころがつくようになってからエイ、アイがいやで栄子、愛子と勝手に命名したというのである。愛子に至っては、愛子を取りあげた〝おとこおんな〟という渾名《あだな》の産婆の名前を取って〝アイ〟と命名されたということである。

青春時代の愛子

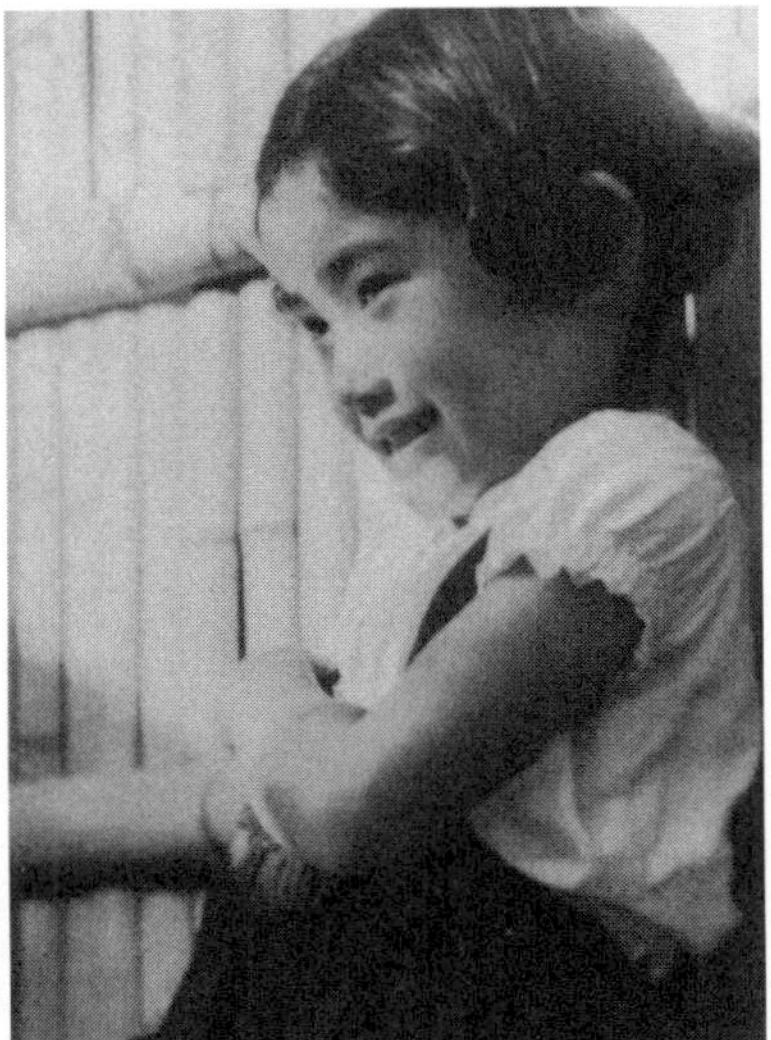

愛子の娘・少女時代の一恵

愛子と少女時代の長女一恵

仲地宗睦・愛子夫妻

偶然にも愛子も栄子と同じく七五歳三カ月で死去している。

長男純一は大正一五年（一九二六）に満一八歳でベルリンに遊学、その後ウィーン、ブタベストに渡り、ブタベスト音楽院でヴァイオリンを習得、卒業する。

欧州では貴族と交際し、音楽にテニスにと優雅な生活を送った。生活費は漱石の莫大な印税収入である。鏡子夫人は純一が希望する額を送金し続けたという。おそらく遺族のうちで印税収入の一番恩恵を受けたのは純一であろう。漱石の憧れの〝高等遊民〟を地でいった人であった。

第二次世界大戦の戦雲急を告げるブタベストから、仕方なく帰国したのは昭和一四年（一九三九）のことであった。

帰国後、東京交響楽団の結成に参加し、昭和二七年東京フィルハーモニーの理事兼コンサートマスターを務める。第一ヴァイオリン奏者であった。

楽団の練習場で三田平凡寺の四女でフリーのハープ奏者の嘉米子と知り合い戦争中の昭和二〇年（一九四五）三月に結婚、一男一女をもうける。

兄弟では一番長生きして、平成一一年（一九九九）二月二一日、九一歳八カ月で死去する。

次男伸六は慶応義塾大学独文科を中退、兄純一を訪ねてヨーロッパに遊学、戦後は約一〇年間、文藝春秋社に勤務した。またエッセイストとしても活躍して、二〇代から『毎日新聞』に連載した「父の映像」も含めた『父、夏目漱石』や『猫の墓』『父の法要』『父漱石とその周辺』『父と母のいる風景　続父漱石とその周辺』などの著書がある。

またやはり戦後すぐ、昌子夫人を中心にして、新橋駅前のマーケットの二階に一杯呑屋を開業する。敷金が一〇万円足らずで家賃は四〇〇〇円であったという。間口が一間、奥行が一間半、それに一番奥に垂直にはしごがかかり、立てば頭がつかえる程の天井の低い二階の和室があった。昌子夫人はこの部屋を「竹の間」と称していた。当時は酒が自由に手に入りにくい時代であったため、酒の仕入れを上手にやれば客は来る時代であった。

当時の客は作家では久米正雄、久保田万太郎、小島政二郎《まさじろう》、村松梢風《しょうふう》、マンガ家の横山兄弟、今日出海《こんひでみ》や小林秀雄それに毎日新聞編集局長の狩野近雄《かのうちかお》等がいた。狩野とは鎌倉稲村ヶ崎で伸六一家と住居が近所の仲であった。

当時横須賀線の終電車で帰る鎌倉の住人に久米、横山兄弟、今、小林がいて、昌子夫人が一升瓶を電車の中に持参して、店から持ち出してきた酒をコップで飲みながら帰ったそうである。

数年後同じマーケット内の向い側の角店に小料理屋を開店する。一〇坪程の店であった。この店には代議士達が顔を見せるようになる。鎌倉在住の椎熊三郎《しいくまさぶろう》、藤田義光をはじめ　川崎秀二、志賀健次郎、櫻内義雄《さくらうちよしお》、泉山三六《いずみやまさんろく》といった人達である。

昭和二四、五年頃になると同じマーケット内にサロン風の店を出す。この頃文藝春秋の専務をしていた澤村三木男が来るようになった。沢村と仲六は戦時中二度とも同時に招集を受け、同じ隊に入隊した仲である。二人共、兵隊には向かない質だったので下士官達に馬鹿にされたという話が伝わっている。

紀伊國屋書店の田辺茂一も顔を出すようになっていた。

その後再び同マーケット内に小料理屋を、最後は一番奥の部屋に小さなバーを開いた。

昭和三八年頃、東京都の区画整理の話が持ちあがり、マーケットは廃止になってしまった。もうこの時代になると酒さえあれば売れるという時代は終っていたし、三年毎に契約更改金も馬鹿にならないくらい取られていたので、立退料をもらい、水商売から足を洗うことにしたのである。

ところがその後も昌子夫人は同じマーケットでバーを営業していたマダムが銀座に出した店を手伝ったり、「P亭」というビフテキ屋を手伝い、あげくの果てに明治通りに自分で「夏目」というステーキ屋を開業してしまった。

仲六氏と昌子夫人の間には二女がいる。

五女ひな子（戸籍名雛子）は明治四三年三月二日生まれ（戸籍上は三月三日）である。

名付け親は森田草平で翌日牛込区役所に届けられた。門下生が何人か集まり、雛人形を飾った壇の前で白酒を飲んでお祝いをする。

明治四四年一一月二九日、ひな子は突然死去する。

その日も一日中元気であった。筆子に長いこと背負われ、夕食時はお手伝いさんの藤《ふじ》に付き添われて食事をしていた。その最中に「ぎゃあ」と言って茶碗を持ったまま倒れる。その時、漱石は中村古峡《こきょう》（東京朝日新聞社会部を数カ月前退職）と談話中であった。

子供が呼びに来たので行ってみるとひな子の様子がおかしい。いつものひき付けですぐ癒るだろう思っていたが、どうも様子が違うようだから、近所の中山正之祐医師が来て注射をするが効き目がない。肛門を見ると開いている。眼を開けると瞳孔が開いている。からし湯をするが効果がない。

主治医の豊田鉄三医師が来て人工呼吸をしたが息を吹き返すことはなかった。原因不明の死であった。

一二月一日は友引なので葬儀は二日に行われた。漱石は分家なので本家の家督相続をしていた三兄の直矩が菩提寺の本法寺に初七日から百カ日までの法要を二五円で懸け合う。

一二月三日の漱石の日記には次のように書かれている。

○生きて居るときはひな子がほかの子よりも大切だとも思はなかった。死んで見るとあれが一番可愛い様に思ふ。さうして残った子は入らない様に見える。
○自分の胃にはひゞが入った。自分の精神にもひゞが入った様な気がする。如何となれば回復しがたき哀愁が思ひ出す度に起るからである。

ひな子は一年八カ月の命であった。

翌明治四五年元旦から東京、大阪朝日新聞に同時連載された『彼岸過迄』の「雨の降る日」にこの時の経験が生かされている。

田川敬太郎の友人、須永の叔父で高等遊民をきめこんでいる松本の女児が急死する。前の年の雛の節句の前の宵に生まれた宵子が突然、原因不明の死をとげる。その様子や医者の対応、葬儀の模様が書かれている。

漱石の孫は次頁の系図の如く男五人、女一〇人の一五人で、一人が夭折している。現在は六人が故人となった。マスコミに登場しているのは長女筆子の三女でアメリカ、オレゴン大学名誉教授の松岡陽子マックレインさんとエッセイストで半藤一利氏夫人の末利子さん、長男純一の長男でマンガコラムニストの房之介《ふさのすけ》氏である。

夏目漱石　家系図

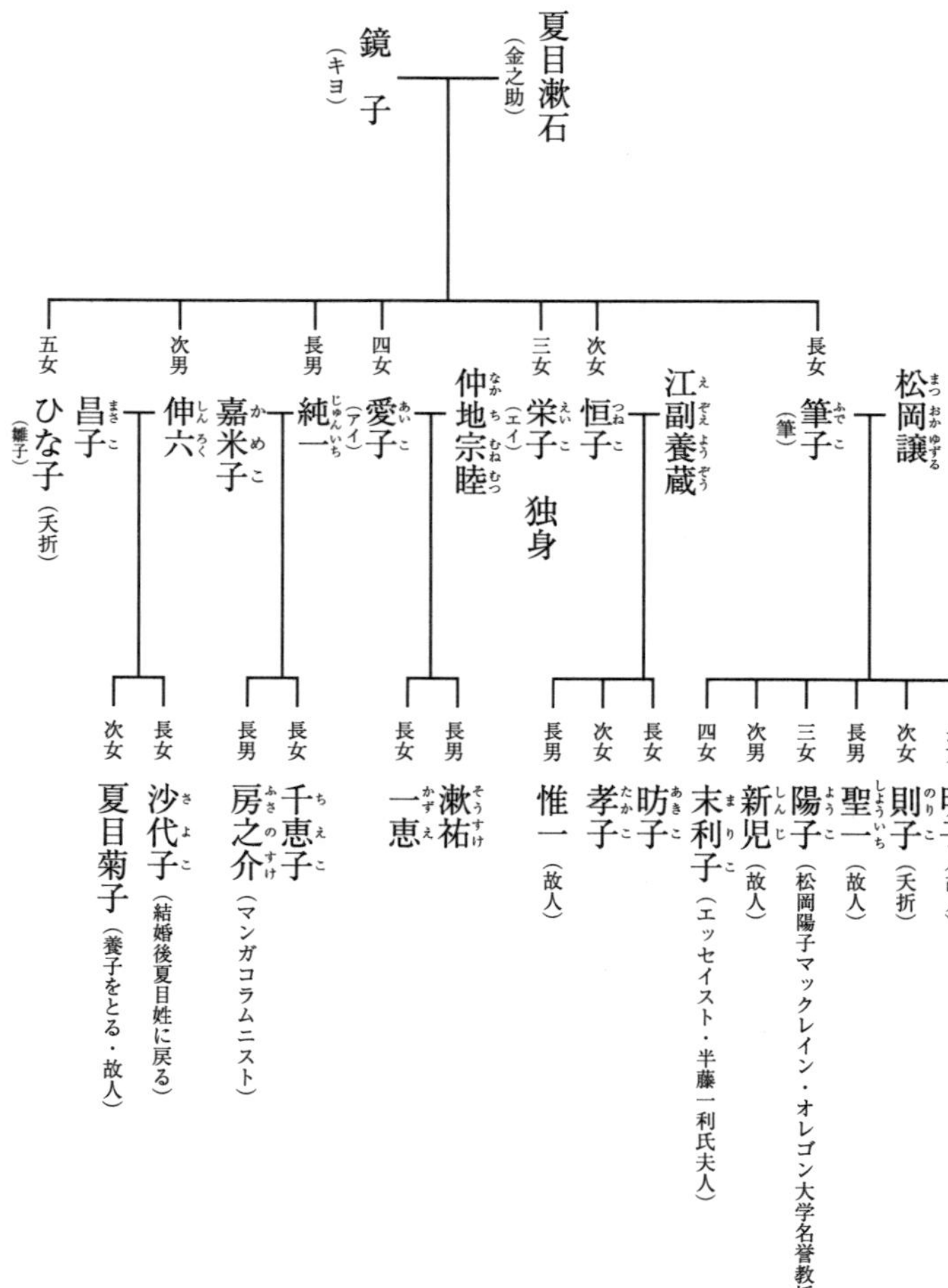

夏目漱石（金之助）
鏡　子（キヨ）
長女
筆子《ふでこ》（筆）
松岡譲《まつおかゆずる》
長女
明子《めいこ》（故人）
次女
則子《のりこ》（夭折）
長男
聖一《しょういち》（故人）
三女
陽子《ようこ》（松岡陽子マックレイン・オレゴン大学名誉教授）
次男
新児《しんじ》（故人）
四女
末利子《まりこ》（エッセイスト・半藤一利氏夫人）
次女
恒子《つねこ》
江副養蔵《えぞえようぞう》
長女
昉子《あきこ》
次女
孝子《たかこ》
長男
惟一（故人）
三女
栄子《えいこ》（エイ）　独身
四女
愛子《あいこ》（アイ）
仲地宗睦《なかちむねむつ》
長男
漱祐《そうすけ》
長女
一恵《かずえ》
長男
純一《じゅんいち》
嘉米子《かめこ》
長女
千恵子《ちえこ》
長男
房之介《ふさのすけ》（マンガコラムニスト）
次男
伸六《しんろく》
昌子《まさこ》
長女
沙代子《さよこ》（結婚後夏目姓に戻る）
次女
夏目菊子（養子をとる・故人）
五女
ひな子（雛子）（夭折）

四、漱石、母千枝の墓まいりをする――本法寺

明治二八年（一八九五）暮、松山尋常中学校で教鞭を執っていた漱石は中根鏡子と見合いをすべく、松山から東京に向う。一二月二五日か六日に松山を出発して二七日に東京に着き実家に泊まる。

二八日夜、貴族院書記官長だった中根重一の住居である麴町区内幸町の貴族院書記官長官舎を訪れる。見合いは洋館二階の二〇畳ある部屋で行われた。官舎は洋館と和風住宅の両方があり、当時はまだ一般には普及していなかった電話や電灯もついていた。

当時中根家は私宅が牛込区矢来町二番地中の丸丙六〇号にあり、重一の父母が住んでいた。重一は貴族院書記官長になった時官舎に引っ越していた。鏡子の父母、兄弟六人、書生三人、女中三人、お抱えの車夫一人の大家族であった。

漱石は大晦日には病気の正岡子規《まさおかしき》の見舞いに子規庵を訪れる。高浜虚子も来て、子規は、

漱石虚子来る　二句

語りけり　大つごもりの　来ぬところ

漱石が来て　虚子が来て　大三十日

と詠む。

明けて元日、漱石は神楽坂の寄席の前で人力車に乗った鏡子と妹二人が矢来町の私宅にいる祖父のところへ年始に行くところに出会ったが、お互い知らんぷりをきめこんで挨拶をしない。漱石は小日向の本法寺に母、千枝の墓まいりに行くのであるが、何日に行ったかわかっていない。三日には子規庵で初句会があり、この時、初めて森鷗外に会った。運座《うんざ》（連衆一同が一定の題で句作する会）が三回行われている。その日の夕方には中根家に招かれ、私宅で歌留多とりや福引をしている。

七日の朝には松山に向けて新橋停車場より汽車に乗っているので、元旦から三日を除く六日までに訪れたものと思われる。

漱石の句碑。「梅の花　不肖なれども　梅の花」。早稲田大学創立125年事業として建てられた。平成14年3月吉日

高源山本法寺は浄土真宗の寺で、御本山の本願寺第八代蓮如上人により近江国堅田（現大津市）に創建された本法院称徳寺に始まる。寛永四年（一六二七）三河国大塚に移転し、本法寺と称した。さらに宝永二年（一七〇五）に江戸小日向に移し現在に至っている。要するに東本願寺の末寺で浄土真宗大谷派に属する寺である。

新春早々に墓まいりをした漱石は俳句を一句詠んでいる。

展先妣墓（一句）（先妣の墓を展ず）

梅の花　不肖なれども　梅の花

（注）展墓《てんぼ》……墓まいり　先妣《せんぴ》……亡き母

後にこの句について、子規の評は「ドッチカ梅ノ花ヲ一ツニシタラヨカロ」と言い、虚子の評点は「〇《マル》」である。

自分は不肖の梅の花だけれども、梅の花には変わりはないと神妙な気持ちで母の墓まいりをしている。

尚、本法寺の墓まいりに関しては明治二二年二月五日に東京帝国大学の講堂で、第一高等中学校の第二回英語会が開かれ、漱石、子規、芳賀矢一《はがやいち》等が演説をする。漱石はプログラムによるとK.Natsume "The Death of My Brother"（兄の死）で、長兄大助の墓参の心境と境内の情景について原稿を見ずにスピーチをしている。

夏目家の菩提寺である本法寺には、夏目家の先祖が一体何人葬られているのか。結論はわからないのである。本法寺は太平洋戦争で焼失してしまい過去帳を失っている。したがって戦前のことが全くわからない。さいわい、墓は戦災を免れたので江戸時代に建てられたままの状態で保存されている。夏目家は名主の家柄なのに、写真のとおり墓は非常に小さい。夏目家の墓ばかりでなく本法寺の古い墓は皆小さい。現在の一八代目住職の話によると古い骨壺は順次壺から土に返され新しい骨壺だけが入っているということである。

夏目家本家の墓。正面には夏目墓、左側面には夏目氏と書かれている。

夏目家本家の御子孫の協力により系図を作成してみた（次頁参照）。

本法寺に葬られている人は何人か著者が推理する。戦後は本法寺に記録があるので確実である。新しいところから古い方に向って順番に記してみる。

①　恒子《ツネコ》（平成元年八月二七日没八五歳）
②　四郎（昭和五七年一〇月二六日没六三歳）
③　堯子《ギョウコ》（昭和五七年八月一日没五六歳）
④　小一郎（昭和三五年六月二〇日没六四歳）
⑤　美代（昭和二七年七月三一日没七六歳）
⑥　直矩《ナオタダ》（昭和六年八月九日没七一歳）
⑦　直克（明治三〇年六月二九日没七九歳）

夏目本家家系図

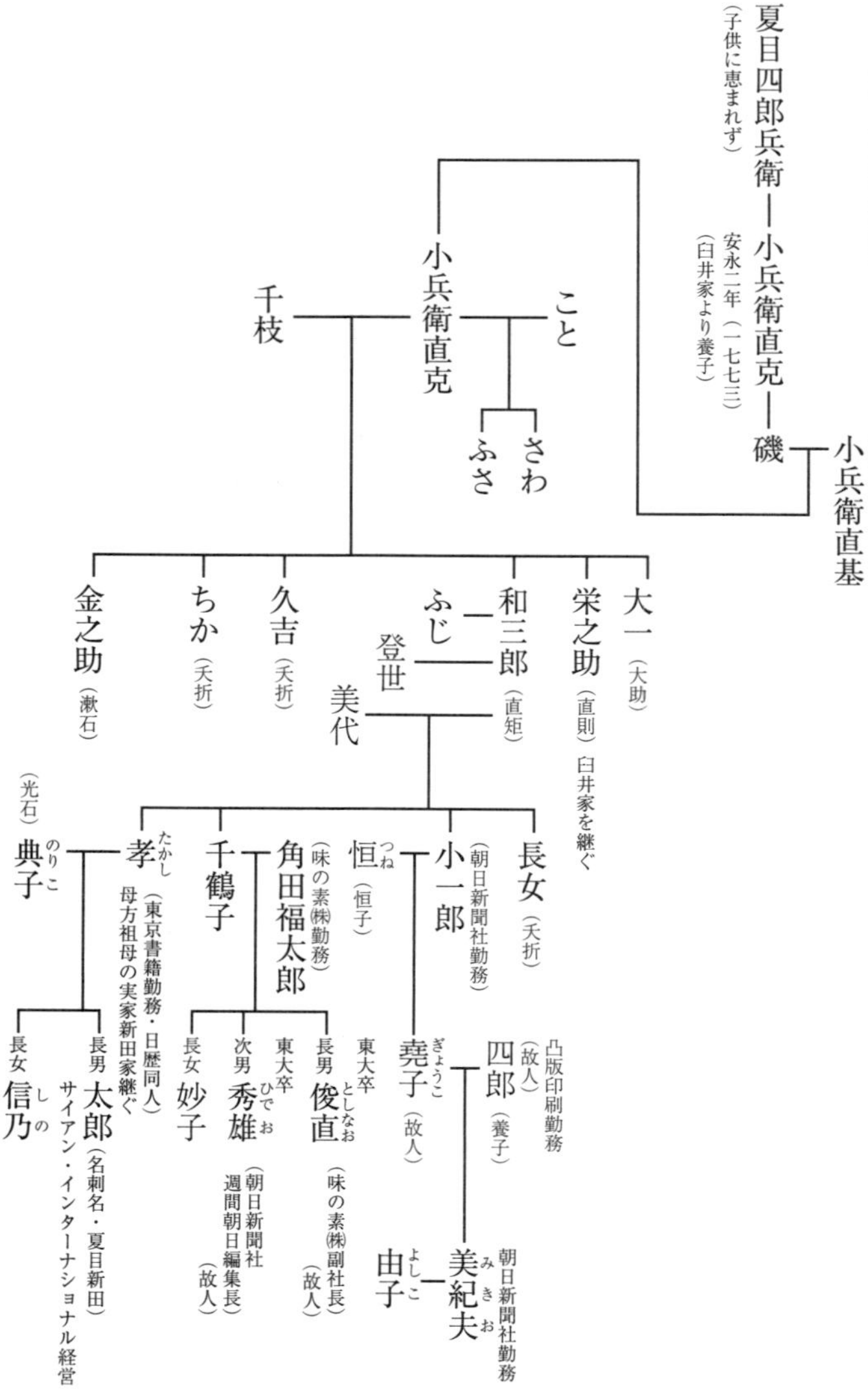
夏目四郎兵衛
（子供に恵まれず）
小兵衛直克
安永二年（一七七三）
（臼井家より養子）
磯
（養子）
小兵衛直基
小兵衛直克
こと
千枝
さわ
ふさ
大一
（大助）
栄之助
（直則）
臼井家を継ぐ
和三郎
（直矩）
ふじ
登世
美代
久吉
（夭折）
ちか
（夭折）
金之助
（漱石）
長女
（夭折）
小一郎
（朝日新聞社勤務）
恒《つね》
（恒子）
角田福太郎
（味の素㈱勤務）
千鶴子
孝《たかし》
（東京書籍勤務・日歴同人）
母方祖母の実家新田家継ぐ
典子《のりこ》
（光石）
四郎
（故人）
凸版印刷勤務
（養子）
堯子《ぎょうこ》
（故人）
美紀夫《みきお》
朝日新聞社勤務
由子《よしこ》
長男
東大卒
俊直《としなお》
（味の素㈱副社長）
（故人）
次男
東大卒
秀雄《ひでお》
（朝日新聞社
週間朝日編集長）
（故人）
長女
妙子
長男
太郎
（名刺名・夏目新田）
サイアン・インターナショナル経営
長女
信乃《しの》

本法寺

⑧　登世（明治二四年七月二八日没二四歳）
⑨　直則（明治二〇年六月二一日没二九歳）
⑩　大助（明治二〇年三月二一日没三一歳）
⑪　千枝（明治一四年一月九日没五四歳）
⑫　ちか（慶応元年〔一八六五〕一歳）
⑬　久吉（元治二年〔一八六五〕三歳）
⑭　こと（嘉永六年〔一八五三〕一〇月五日二九歳没）
⑮　磯　不明
⑯　直基　不明

筆者は右の一六人が葬られているのではないかと推察している。そのうちで①〜⑪は確実であとははっきりしたことはわからない。

漱石は親族のうちで母千枝、長兄大助、嫂《あによめ》登世に対しては畏敬の念を抱いていたといわれている。明治二九年正月の墓まいりの際、母は一五年前に亡くなっているのに対し、登世はわずか五年前に亡くなったにすぎず記憶が新しいはずである。明治二四年の夏、登世が亡くなった後の八月三日付の正岡子規への書簡の中で嫂の死を悼《いた》み一三首の句を詠んでいる。それなのに母の墓まいりだけに触れて登世のことは何も書かれていない。だが実際には漱石は心の中で千枝、大助、登世のことを思いつつ手を合わせたのではないかと考えている。

筆者は前項で「漱石に孫は何人いるか」について書いた。夏目家本家の家督相続をした、三兄の和三郎《わさぶろう》直矩には何人孫がいるかについても触れてみる。家系図でわかるように最初の妻ふじと二番目の妻登世との間には子供が生まれていない。三人目の妻美代との間には四人の子供がいた。長女は青春時代を迎える前に夭折した。長男小一郎は東京朝日新聞社に入社。『週刊朝日』昭和一〇年一二月八日号の「文豪夏目漱石二十年忌『漱石を偲ぶ』」座談会が京都の思い出の宿北大嘉《きたのたいが》で開かれた際、漱石の甥、本社員として出席している。大阪の朝日に勤務になったので、矢来町の家はそのままに芦屋に居をかまえた。小一郎は子宝は一人娘堯子《ぎょうこ》だけだったので、養子を迎えた。養子の四郎は凸版印刷に勤務していた。堯子、四郎の間には一人息子美紀夫が生まれて本家の血筋はつながっている。堯子、四郎は故人となった。美紀夫氏は朝日新聞社に勤務し

左より磯田多佳（祇園大友女將）、梅垣きぬ（祇園長唄師匠）、西川一草亭（去風流生花家元）、津田青楓（畵家・一草亭令弟）、夏目小一郎（漱石の甥朝日新聞社）、大道鍋平朝臣（朝日新聞社出版編輯部長）、塚本ひさ（木屋町北大嘉女將）

ていたが、平成二二年（二〇一〇）退職した。

次女千鶴子は味の素株式会社に勤務していた角田福太郎に嫁した。三人の子宝に恵まれ、長男俊直は東大を卒業して父と同じ味の素に入社して副社長にまで昇進した。著者の知人で味の素のＯＢ数人の話によると大変温厚な人物であり、漱石と親戚であることは全く語っていなかったという。次男の秀雄は東大卒業後、朝日新聞社に入社して『週刊朝日』の編集長を務めた。彼の場合も著者の知人で朝日新聞社ＯＢの知人の証言によると酒をくみかわしたり、麻雀をしたりする仲だったのにもかかわらず漱石との関係については一斉語らなかったという。三番目が長女の妙子さんである。長男、次男は故人となった。

次男、孝は新田姓になる。夫人の家に養子に入ったと思っている人が多いようであるが、そうではなく、母方の祖母の家を継いだのである。母美代は湯島の山口寅五郎、婦久《ふく》の長女であるが、婦久の実家の新田を継いだ。孝の夫人は光石典子である。二人の間には長男太郎氏と長女信乃《しの》さんがいる。長男太郎氏は先頃、VISAカードのテレビコマーシャルで福澤諭吉、野口英世、夏目漱石が登場したもので大変評判になった。評判になった理由が漱石役の太郎氏が漱石に大変似ていて面白いということでマスコミにも多数とりあげられた。

太郎氏は有限会社サイアン・インターナショナルという芸能プロダクションを経営しているが、コマーシャルのオーディション時、漱石と親戚だと言うと起用が決まったという。福澤諭吉と野口英世役は俳優である。ちなみに以来、新田夏目を名乗っている。漱石に似ている話では太郎氏の言葉を借りると父親の孝が親戚中で一番似ているといわれていたそうである。

尚、孝がまだ夏目姓であった昭和一二年一月一日号の雑誌『星座』「夏目漱石余燼《よじん》」の中で面白いことを書いているので紹介する。

漱石の文運愈々盛んなるとき、漱石の兄、夏目直矩《なほただ》は牛込肴町行願寺内の陋屋《らうおく》に、愛妻とくすぶつてゐた。漱石がずんぐりムツクリ、山の手江戸つ子なら、その兄の直矩はあの文化文政以来の濁りきつた血を、そのまんま受け継いだ、万事消極的な、そのくせ享楽好きの男だつた。直矩の愛妻と云ふのが、つまり僕の聡明なる母上なのだが、僕の母上の御陰で、やうやく牛込矢来町に一家を有つことが出来た。すると、漱石は、そのことをひどく喜んだ。そして義理の姉に向かつて

「もう世の中が開けて来ました。井戸なんか駄目です。水道を引いて貰ひなさい。費用は僕が出しますから。」

その結果、漱石のお陰で、矢来町で水道を引いたのは、酒井伯爵の次が、二十坪ぐらゐしかない僕の屋敷なんだ。いや、それとも新潮社が先かも知れない。

もう一つ。

僕の姉が女子大学の附属女学校に通ってゐて、真夏の炎天下の下を、目白の方から帰つて来たんです。すると、姉は、汗だくの顔をハンケチで拭きながら、不図、向ふから人力車に乗って来る漱石の姿を発見したんです。相変らずの仏頂面の、何処を風が吹くかつてな調子で、姉の方なんか一瞥もくれず、どんどん通り過ぎちやつたのださうです。ところが、その翌日のことです。漱石は食卓に向つて、鏡子夫人に

「おい矢来の女の子に日傘を買つてやれよ」とニコリともせず云つたのだつた。

左より新田太郎、信乃、孝

左より新田孝・典子・太郎

黙つてゐるけれど、何から何まで承知だと、漱石は自負してゐた。

聡明なる美代さんのお陰でようやく牛込矢来町に一軒の家を持つことが出来た、とは具体的にどういうことなのか、太郎氏は父から聞かされていないので、わからないとのことである。

〝僕の姉〟とは千鶴子のことである。千鶴子は兄弟のうちでは一番よく、漱石の家に遊びに行っていた。したがって他の兄弟とは違って漱石からも顔を覚えられていた唯一の姪である。漱石の死後、鏡子夫人は千鶴子の嫁入りの際、嫁入り仕度をととのえてあげたという話が伝わっている。

孝は晩年、アルツハイマーを病んだ。もう病もかなり進んだ頃、自分の姓は夏目と答えていたそうだ。最後のエッセーも夏目孝として自費出版した。

五、天才ドイツ語学者、大津康の『虞美人草』『野分』のドイツ語訳

大正から昭和にかけての雑誌『独逸語』（独逸語発行所）は『独逸語学雑誌』（精華書院）と共に当時のすぐれたドイツ語の研究雑誌である。この雑誌は大正三年（一九一四）一月に創刊され、編集発行人は東京帝大独法卒で大津《おおつ》康《やすし》の友人の堀尾成章であった。この『独逸語』の創刊号に『虞美人草』が、第二号（二月発行）に『野分』が掲載されているのである。

この二つの小説がドイツ語に翻訳された大正二年年末から大正三年頃にかけての大津康は東京帝国大学文科大学講師で学科共通の独逸語教師をする傍ら第一高等学校教授としてドイツ語を教えている時期であった。翻訳したとはいっても全訳ではなく、会話の部分を中心にほんの一部を訳したに過ぎない。とはいえ漱石はその頃東京朝日新聞社員として新聞に小説を発表している最中なので、漱石と接触したのではないかと思い調べてみたが、その記録は見つからなかった。また当時同じ一高のドイツ語教授をしていた漱石の一番の親友といわれていた菅虎雄や東京帝国大

学独文科の後輩の小宮豊隆《こみやとよたか》やさらに後輩の内田百閒等との漱石の会話の中にも筆者が調べた限り、大津康の名前も話題も何一つ発見されなかった。

当時漱石は過去自分の書いた小説の中で、『虞美人草』は失敗作だと思っていたらしく大正二年一一月二一日に在ベルリンの高原操から『虞美人草』のドイツ語訳を希望してきたのだが断っている。同時に『それから』『門』『彼岸過迄』『行人』なら相談に応じると返事をしているのである。

部分訳とはいえ、大津康が漱石に無断で二つの小説のドイツ語訳をしたとは思われない。筆者の推理では、大津康が菅虎雄を通して口頭で許可をもらったのではないかと考えている。

大津康が何故、天才ドイツ語学者といわれているかというと、日本のドイツ語教育は書物を読むことが中心で文法、作文、会話を二の次とされてきた中、書く力がつかなければ読む力も備わらないと考え、文学、法律その他幅広いジャンルの読み、書き、特に会話の習得に力を注いできたことによる。

ではここで『独逸語』に掲載された『虞美人草』と『野分』のドイツ語訳を紹介する。

大正二年十二月二十八日第三種郵便物認可
大正三年一月一日發行（毎月一回發行）
DEUTSCHE SPRACHE
獨逸語
第一號
獨逸語發行所

『虞美人草』十六（1）

GESPRÄCHE.

Dr. Y. Ôtsu.

ZWEI ICH.

Sohn. Vater! Heute bin ich nach langer Zeit wieder einmal beim Barbier gewesen und habe mir die Haare schneiden lassen.

Vater. Die Haare? So bist du ja doch nicht besonders schön geworden.

S. Glaubst du? Die Haare sind doch diesmal nicht mit der Maschine geschnitten.

V. Womit denn?

S. Mit einem Scheitel, Vater.

V. Wo ist aber der Scheitel?

S. Der wird bald kommen. Schon jetzt ist die Mitte etwas länger.

V Freilich gewissermaßen länger. Aber mein Sohn, du solltest es lieber lassen. Es ist nicht gerade schön zum Ansehen. (Es sieht nicht gerade schön aus).

S. Nicht schön zum Ansehen?

V. Uebrigens ist es jetzt auf den Sommer hin erdrückend heiß und . . . .

S. Wenn es auch erdrückend heiß wäre, so muß ich doch die Haare so lassen.

V. Wozu aber?

S. Es muß doch einmal so sein.

V. Na, es muß auch solche Käuze geben.

S. Hahaha! Soll ich dir was sagen, Vater?

V. Nun?

S. Das Diplomatenexamen habe ich bestanden und. . . . .

V. Bestanden? Das ist ja brav von dir. Hmhm! Dann hättest du mir es aber gleich sagen sollen, Sohn!

S. Erst wollte ich aber die Haare schön gemacht haben.

V. Was hat das aber mit den Haaren zu tun?

S. Doch, Vater! Im Auslande, sagt man, werden die Leute mit kurz geschnittenen Haaren mit Zuchthäuslern verwechselt.

會話

文學士 大津 康

裏と表

息. 阿爺さん。今日ね，久し振りに髪結床へ行つて頭を刹つて來ました。

父. 頭を？あんまり綺麗にもならんぢやないか。

息. 綺麗にもならんぢやないかつて。阿爺さんこりや五分刈ぢやないんですぜ。

父. ぢや何刈だい。

息. 分けるんです。

父. 分つて居ないぢやないか。

息. 今に分る樣になるんです。眞ん中から少し長いでせう。

父. さう云へば心持長いかな。廢せばいゝのに見つともない。

息. 見つともないですか。

父. それに是から夏向は熱苦しくて。

息. 所がいくら熱苦しくても，かうして置かないと不都合なんです。

父. 何故？

息. 何故でも不都合なんです。

父. 妙な奴だな。

息. ハヽヽ實はね，阿爺さん。

父. うん。

息. 外交官の試驗に及第してね。

父. 及第したか，そりやそりや，さうか，そんなら早くさう云へばいゝのに。

息. まあ頭でも拵らへてからにしようと思つて。

父. 頭なんぞ何うでもいゝさ。

息. 所が五分刈で外國へ行くと懲役人と間違へられるつて云ひますからね。

『虞美人草』十六（２）

V. Im Auslande?—Du gehst ins Ausland? Wann denn?	父. 外國へ, ... 外國へ行くのかへ。何時。
S. Wohl um die Zeit, da diese Haare eine Löwenmähne bilden werden, wie sie *Ono Seizo* trägt.	息. まあ此髮が延びて小野請三式になる時分でせう。
V. Es dauert also wohl noch einen Monat?	父. ぢや, まだ一ヶ月位はあるな。
S. Ja, so ungefähr.	息. えゝ, 其位はあります。
V. Ein Monat ist eine lange Zeit. Da darf ich sicher sein, daß wir uns, ehe du fortgehst, noch genug mit einander besprechen können.	父. 一ヶ月あるならまあ安心だ, 立つ前にゆつくり相談も出來るから。
S. Ja eben. Zeit haben wir genug. Nur eins möchte ich unverzüglich erledigen: diese *Yôfuku* hier (europäische Kleidung) möchte ich heute am längsten getragen haben.	息. えゝ時間はいくらでもあります, 時間の方はいくらでもありますが, 此洋服は今日限り御返納に及びたいです。
V. Hahaha! Gefällt sie dir nicht? Doch steht sie dir so vortrefflich!	父. ハヽヽヽ, 不可んかい。能く似合ふぜ。
S. Auf deine wiederholte Zurede, daß sie mir ganz gut paßt, habe ich sie wohl bis heute getragen. Unleugbar ist aber, daß sie überall Falten wirft.	息. あなたが似合ふ似合ふと仰つしやるから今日迄着た樣なものゝ――至る所だぶだぶしてゐますぜ。
V. So? Dann lege sie lieber ab, dann kann ich sie wieder tragen.	父. さうかそれぢや廢すがいゝ。又阿爺さんが着よう。
S. Hahaha! Du bist ein wunderbarer Vater. Das laß nur, bitte!	息. ハヽヽ驚いたなあ。それこそ御廢しなさい。
V. Ganz, wie du willst. Wie aber, wenn wir damit *Kuroda* beschenkten?	父. 廢してもいゝ, 黑田にでも遣るかな。
S. Dann wird es *Kuroda* schön ergehen.	息. 黑田こそいゝ迷惑だ。
V, Ist der Anzug aber wirklich so lächerlich?	父. そんなに可笑しいかな。
S. Nicht gerade so lächerlich, nur paßt er ihm nicht.	息. 可笑しかないが, 身體に合はないでさあ。
V. So? Dann würde er allerdings lächerlich aussehen.	父. さうか, それぢや矢張可笑しいだらう。
S. Ja, kurz gesagt, lächerlich!	息. えゝ, つまる所可笑しいです。
V. Hahaha! Was ich aber dich fragen wollte: hast du schon *Ito* (die Schwester) davon benachrichtigt?	父. ハヽヽヽ, 時に糸にも話したかい。
S. Vom Examen?	息. 試驗の事ですか。
V. Ja.	父. あゝ。

『虞美人草』十六（３）

26 DEUTSCHE SPRACHE

S. Noch nicht.	息. まだ話さないです。
V. Noch nicht? Warum nicht?—Wann bist du eigentlich vom Erfolg des Examens benachrichtigt worden.	父. まだ話さない. なぜ.——全體いつ分つたんだ。
S. Die offizielle Mitteilung traf vor einigen Tagen ein. Da ich aber vielfach beschäftigt gewesen bin, habe ich es noch niemand mitgeteilt.	息. 通知のあつたのは二三日前ですがね, つい忙しいもんだから, まだ誰にも話さない。
V. Da bist du wieder allzu gleichgültig.	父. 御前は呑氣過ぎていかんよ。
S. Vergessen hätte ich es doch nicht, da kannst du beruhigt sein.	息. 何忘れやしません, 大丈夫。
V. Hahaha! Vergessen hättest du es auch nicht! Immerhin ist es gut, daß du nunmehr etwas vorsichtiger wirst.	父. ハヽヽヽ, 忘れちや大變だ, まあもうちつと氣をつけるがいゝ。
S. Danke. Und jetzt will ich die Geschichte auch dem *Ito*-chen erzählen, da sie doch darüber besorgt ist. Von meinem Erfolg und dem Scheitel.	息. えゝ, 是から糸公に話してやらうと思つてね。——心配して居るから。——及第の件とそれから此頭の説明を。
V. Der Scheitel ist eben nicht so wichtig. —Wohin bist du aber bestimmt? Nach England, Frankreich?	父. 頭はいゝが——全體何處に行く事になつたのかい。 英吉利か, 佛蘭西か。
S. So genau weiß ich es noch nicht. Jedenfalls nach dem Okzident, soviel ist sicher.	息. 其邊はまだ分らないです, 何でも西洋は西洋でせう。
V. Hahaha, wieder so sorglos von dir! Na, fahre hin, wohin es auch sei.	父. ハヽヽヽ, 氣樂なもんだ. まあ何處へでも行くがいゝ。
S. Der Okzident ist mir gerade nicht sehr anziehend.—Doch ist es einmal so, daß man zunächst dort sein soll.	息. 西洋なんか行き度くもないんだけれども——まあ順序だから仕方がない。
V. Freilich! Gehe also, wohin du willst.	父. うん, まあ勝手な所へ行くがいゝ。
S. Wenn es nach China oder Korea ginge, so würde ich mich ja mit den bisherigen Stutzhaaren in dieser faltenreichen *Yôfuku* dorthin begeben haben.	息. 支那や朝鮮なら故の通りの五分刈で此だぶだぶの洋服を着て出懸けるんですがね。
V. Im Okzident ist man kritisch. Da kann sich ein Tölpel, wie du bist, eine gute Schulung angedeihen lassen. Ganz famos!	父. 西洋は八釜しい。 御前の様な不作法ものにはいゝ修業になつて結構だ。
S. Hahaha! Im Gegenteil, fürchte ich, ich werde dort verdorben.	息. ハヽヽヽ, 西洋へ行くと墮落するだらうと思つてね。
V. Wie so?	父. 何故?

『虞美人草』十六（4）

大正三年一月二十七日第三種郵便物認可
大正三年二月一日發行（每月一回發行）
DEUTSCHE SPRACHE
獨逸語
第二號
獨逸語發行所

『野分』十二（1）

24　DEUTSCHE SPRACHE

GESPRÄCHE.

文學士　大津　康

KRANKENBESUCH.

A. Nun, wie befinden Sie sich heute?

B. Heute bin ich recht wohl.

A. Ach, ich darf ja vor Ihnen nicht rauchen, nicht wahr?

B. O ja, lassen Sie das gut sein, da doch meine Genesung nicht vom Rauchen oder Nichtrauchen abhängig ist.

A. Dem ist nicht so. Besonders im Anfang müssen Sie vorsichtig sein. Gerade in diesem Stadium müssen sie sich gut pflegen. Gestern bin ich beim Arzt gewesen, um mich bei ihm nach Ihrer Krankheit zu erkundigen; er meint, es sei ja nichts Bedenkliches.—Ist er gekommen, der Arzt?

B. Heute Morgen war er da und sagte, dass ich mich warm halten soll.

A. Ja, halten Sie sich am besten warm. Es ist etwas kalt in diesem Zimmer, nicht wahr? Was jene Papierschiebetüre anbelangt, lassen Sie sie von dem Hausmädchen oder sonst jemand bekleben! Der Wind kann herein und es wird kalt werden.

B. Die beklebte Türe allein……

A. Wie wäre es, wenn Sie etwa eine Erholungsreise unternähmen?

B. Der Arzt sagt auch so, aber….

A. Na, dann ist es bestimmt gut, daß Sie gehen. Hat er das heute morgen gesagt?

B. Ja!

A. Was haben Sie darauf gesagt?

B. Was ich darauf gesagt? Doch nichts besonderes, nur daß……

A. Warum wollen Sie nicht gehen?

B. Wenn es doch umsonst geschehen könnte!

A. Nur nicht darüber besorgt! Ich will sehen, was ich tun kann.

B. Soll ich nun bei Ihnen Schulden machen?

A. Sie brauchen eben nicht zu borgen.

B. Soll es denn geschenkt werden?

A. Das ist einerlei. Sie brauchen sich nicht solche Kleinigkeiten zu Herzen zu nehmen.

病　氣　見　舞

甲．ちつとはいゝ方かね。

乙．今日は大分いゝ。

甲．うん、煙草をのんぢや悪るかつたんだね。

乙．なに構はん、どうせ煙草位で癒りやしないんだから。

甲．さうでないよ、初が肝心だ、今の内養生しないといけない、昨日醫者へ行つて聞いて見たが、何心配する程の事もない一來たかい、醫者は。

乙．今朝來た、暖にして居ろと云つた。

甲．うん暖にして居るがいゝ、此の室は少し寒いねえ、あの障子なんか宿の下女にでも張らしたらよからう、風がはいつて寒いだらう。

乙．障子だけ張つたつて……

甲．轉地でもしてはどうだい。

乙．醫者もさう云ふんだか……

甲．それぢや行くがいゝ、今朝さう云つたかね。

乙．うん。

甲．それから君は何と答へた。

乙．何と答へるたつて、別に答へ樣もないから….

甲．行けばいゝぢやないか。

乙．行けばいゝたつて、たゞは行かれない。

甲．それは心配することはない、僕がどうかする。

乙．君に金を借りるのか。

甲．借りないでもいゝさ。

乙．貰ふのか。

甲．どうでもいゝさ、そんな事は氣に掛ける必要がない。

『野分』十二（２）

B. Borgen mag ich nicht.	乙. 借りるのは、いやだ。
A. Dann brauchen Sie nicht zu borgen.	甲. ぢや借りなくてもいゝよ。
B. Aber das Geschenk darf ich auch nicht annehmen.	乙. 然し貰ふ譯には行かない。
A. Der Mann ist schwer zu behandeln. Was zum Henker spielen Sie so 'nen Splitterrichter? Als wir noch in der Schule waren, bestürmten Sie mich oft mit Ihrem: „Leihen Sie mir Geld!" oder „Traktieren Sie uns!" u. s. w.	甲. むづかしい男だね、なんだつてそんな八釜敷く云ふのだ、學校に居る時分は、よく君の方から金を借せの、西洋料理を奢れのと、せびつたぢやないか。
B. Damals war ich auch nicht krank!	乙. 其頃は病氣なんかなかつた。
A. Wenn Sie selbst in Ihren schönen Tagen so waren, dürfen Sie es um so mehr in Ihrer Krankheit. Daß man den kranken Freund pflegt, ist doch selbstverständlich.	甲. 平生ですらさうならば、病氣の時は尙更だ、病氣の時に友達が世話をするのは、誰から云つたつて、おかしくはない答だ。
B. Das könnte nur vom Standpunkte des Pflegers aus gesagt werden.	乙. それや世 話をする方から云へばさうだらう。
A. Habe ich Ihnen denn was nicht recht gemacht?	甲. ぢや君は、なにか僕に對して不平があるのか。
B. Alles, alles. Von Herzen möchte ich Ihnen Dank sagen.	乙. 不平はないさ、ありがたいと思つてゐる位だ。
A. So tun Sie mir den Gefallen und folgen Sie meinem Rat! Sie sehen die Menschenwelt durch gefärbte Brillengläser. Was ist aber der Grund, daß Sie auch uns, den Gegenstand Ihres Hinblickens, mit anstecken wollen?	甲. それぢや快く僕の云ふことを聞いて異れてもよからう、自分で不愉快の眼鏡を掛けて世の中を見て、見られる僕等迄も不愉快にする必要はないぢやないか。
B. Verzeihen Sie, daß ich Ihre Freundlichkeit nicht annehmen kann. Ich habe aber keine Lust zu einer Erholungsreise. Sprechen wir, bitte, nicht mehr darüber.	乙. 君の親切を無にして氣の毒だが、僕は轉地なんかしたくはないんだから勘辨して異れ。
A. Schon wieder reden Sie solchen Unsinn. Was Ihre Krankheit anbelangt, so muß man sich im Anfangsstadium in Acht nehmen. Verliert man einmal die gute Gelegenheit der ersten Behandlung, so ist nichts mehr zu retten.	甲. また、そんな分らず屋を云ふ、こう云ふ病氣は初期が大切だよ、時機を失すると取り返しがつかないぜ。
B. Das ist nun schon zu spät.	乙. もう疾に取り返しがつかないんだ。
A. Das sind krankhafte Ansichten. Wegen Ihrer Krankheit sind Sie so pessimistisch.	甲. それが病氣だよ、病氣のせいで、さう悲觀するんだ。
B. Pessimistisch! Ja, wer ist es aber nicht, der keine Hoffnug in sich hat? Sie aber sind nicht pessimistisch, weil Sie keine Not haben.	乙. 悲觀するつて、希望のない者は悲觀するのは當り前だ、君は必要がないから悲觀しないんだ。
A. Dem ist schwer zu helfen.—Da liegt ein Manuskript auf Ihrem Tische?	甲. 困つた男だね一君の机の上に原稿があるね。
B. Das ist eine alte, liegen gelassene Arbeit.	乙. 久しく書きかけてそれなりにして置いたものだ。

『野分』十二（3）

このドイツ語訳をした大津康とはどんな人であったか。天才ドイツ語学者といわれながらも数え年四〇歳と早死にであった所為もあり余り知られていない。

筆者は大津本家を取材して資料、写真の提供を受け　話を聞かせてもらうことが出来た。

大津康の経歴から紹介する。

大津　康
生年月日　明治一六年（一八八三）八月一〇日生
出生地　山梨県中巨摩郡二川村字大津（現甲府市大津町）
〔学歴 職歴〕　一一歳で上京
小石川表町　栗田寛漢学塾入塾
竹早町　東京女子師範学校（現お茶の水女子大）附属小学校入学
郷里山梨に帰り甲府中学校　卒業
明治三三年（一九〇〇）九月金沢第四高等学校第三部（医科）入学
三六年（一九〇三）七月、東京帝国大学医科大学入学
三七年（一九〇四）　同文科大学独逸文学科転科

四〇年（一九〇七）五月、大学在学中に東京外国語学校嘱託講師就任（月給六〇円）
四〇年　七月東京帝国大学文科大学独逸文学科を主席で卒業
四二年（一九〇九）七月東京外国語学校教授に昇進
（高等官七等年俸五〇〇円）
同時に　学習院嘱託講師（年俸五〇〇円）約二年間
四三年（一九一〇）九月東京帝国大学文科大学講師就任
大正　二年（一九一三）九月第一高等学校教授就任主任代理
（高等官五等年俸一〇〇〇円）
同時　東京外国語学校教授辞任
大正　八年（一九一九）七月二九日文部省「独語及独文学研究の為一箇年半間瑞西《スイス》国へ留学を命」ぜられ仏、スイス経由でベルリン大学聴講生（大正九年一月二五日）となる。
大正一〇年（一九二一）五月二〇日帰国
大正一一年（一九二二）二月四日肺結核のため死去。数え年四〇歳（満三八歳六カ月）

大津康は明治一六年山梨県二川村《ふたかわむら》に父実栄母かねよの三男として生まれた。家は甲斐武田家の郷士の家柄であったが、当時は農業で地主であった。

妻恒《つね》の証言によると一一歳の時父に連れられて上京、小石川区表町にあった栗田寛漢学塾に入り、竹早町の東京女子師範学校附属小学校に通い中学は国に帰り甲府中学校に通ったということである。

大津　康

中学以前の勉学についてはどんな状況であったかはわかっていない。

甲府中学校時代については一年後輩で医学士の矢島憐三が『人生と表現』（大正一一年四月発行）の「大津康追悼記念号」に次のような談話を寄せている。

明治40年７月東京帝国大学卒業時の大津康。上段左より増田甚四郎、吹田順助、黒坂貞次、大津康、下段左より上村清延、(氏名不詳)、成瀬清、小牧健夫。(同学社『回想の吹田順助先生』より)

甲府中學時代の大津氏

醫學士　矢島　憐三（談）

大津氏は同じく今は故人となられた醫學士市川方義氏（舊姓松林《ママ》）と甲府中學で同級であつた。大津氏は二川村、市川氏は稲穂《ママ》村の出身で、市川氏と同村で一年下であつた自分は毎日市川氏と同伴して村を出て、左右口街道で大津氏と落合つてむつまじく甲府中學へ通學したのであつた。當時も無口の方であつた氏は、平生の談話などに自分の思つてゐることを述べるといふやうなことはされなかつたのであるからして、氏がどんな思想を持つてゐられるといふやうなことには氣もつかずにゐたのであつた。ところがいよく〳〵卒業といふ際になつて、甲府中學の中巨摩郡出身者だけの送別會が撃劔道場で行はれてゐたのであるが、その時全校職員生徒の前で氏が述べられた送別の辭に對する答辭は、今は其の内容の巨細に就いての記憶はないのであるが極めて適切深刻のものであつたのであつて、居並ぶ職員生徒に對して強い感動を與へそれが全校の評判となつたのであつた。その時始めて自分も大津氏がかういふ思想を持つて居つた人であるかと驚き、其時以來自分は單に同じ道を一所に通學したといふだけではないところの、忘れがたい感銘を受けたのである。今大津氏の悲しい早逝を聞くにつけても、先づ思ひ起すのはまたこのことである。（三月五日）

もう中学時代からしっかりした考え方、思想を持ち続けていたことがわかる。

明治三三年九月に金沢の第四高等学校の医科に入学する。ここでの三年間の勉学の中で重要視されていたドイツ語に出会い猛勉強をすることになるのである。当時の四高は一年生の時、週二九時間中ドイツ語は一三時間、二年生で三〇時間中一三時間、三年生で三一時間中一〇時間とドイツ語の占める割合が非常に高かった。大津のドイツ語の基礎はこの時代に築かれたといっても過言ではない。

四高のドイツ語教授には山田郁治、中俣匡、三竹欽五郎、西田幾多郎、中目覚、エルンスト・

ヴォルファルト、エミール・ユンケルがいた。中でも西田幾多郎に実力を認められ非常に親密な師弟関係が生まれたのである。この頃、西田はまだ哲学者として著名になる前のことであった。西田との関係は大津が東京帝大に入学してからも続くのである。

四高の最終年の三年の時、医科生三八人中大津が一人だけ特待生に選ばれた。「学術優等品行方正ナル者ヲ特待生トス」と定められており、授業料二五円が免除された。

明治三六年七月、東京帝国大学医科大学に入学する。ところが翌年突然文科大学独逸文学科に転科するのである。その理由について本人のコメントはなく、一年生の時の同級生の間では解剖の実習が嫌で医科を止めたとの噂もあったが、ドイツ語の魅力にとりつかれてドイツ語の研究に専念しようとしたと云うのが真相のようである。

当時独文科は主任教授がカール・フローレンツと講師の藤代禎輔《ふじしろていすけ》がいた。フローレンツは学者としての功績が大であるばかりか日本のドイツ文学の教育の実績も大きい。フローレンツの一番の弟子が藤代禎輔であり日本人で初めて大学でドイツ文学を講義した人物である。藤代は漱石と関係深い人物なのでここで漱石との関係も含めて紹介する。

藤代禎輔
慶応四年（一八六八）千葉県に生まれる。
大学予備門医科に入学、明治一九年菅虎雄と共に文科に転科、学制変更で第一高等中学校本科、
二一年帝国大学文科大学独文科に菅と共に入学する。
二四年大学院入学
二五年高等師範学校講師、漱石も一年後講師になる。漱石、立花銑三郎《たちばなせんざぶろう》と『哲学雑誌』の編集委員を務める。
二七年第一高等中学校講師
二八年東京専門学校英語講師（漱石から引継ぐが不成績で一学期で辞める）
二九年第一高等学校教授
三一年東京帝国大学文科大学講師（兼任）
三三年文部省の高等学校教育の派遣留学（ドイツ船プロイセン号で漱石、芳賀矢一〔国文学〕稲垣乙丙《おとへい》〔農学〕等と横浜港を出帆しドイツに留学）
ベルリンにいる藤代宛にロンドンの漱石から便りがきた。「余りビールを飲まない様余り美人

に近付の出来ぬ様天帝に祈禱して新年の御慶を申上げます」明治三四年一月三日付。

酒好きの藤代に対しての漱石の言葉である。

〔…〕僕は書物を買ふより外には此地に於て楽《たのしみ》なしだ僕の下宿抔と来たら風が通る暖炉が少し破損して居る憐れ憫然なものだねかういふ所に辛防しないと本抔は一冊も買へないからなー先達文部省へ申報書を出した時最後の要件と云ふ箇条の下に学資軽少にして修学に便ならずと書てやつた僕はまだ一回も地獄抔は買はない考ると勿体なくて買た義理ではない芳賀が聞たらケチな奴だと笑ふだろう

(同二月五日付)

地獄とは女郎のことである。このあと友達がいなくて淋しいのでロンドンへ遊びに来てくれと言い、ベルリンに留学している立花銑三郎の病気を心配している。(立花とは明治三四年三月二七日帰国途中、ロンドン、アルバート埠頭の船中で再会したが、五月一二日上海沖で客死する。三五歳の若さであった。)

明治三五年一〇月一〇日頃、藤代は文部省より当時ロンドンに留学していた岡倉由三郎《よしざぶろう》を通じて「夏目精神に異常あり、藤代へ保護帰朝すべき旨伝達すべし」(電報)依頼を受け、一一月六日ロンドンで漱石に会い国民美術館を訪れた。翌日は漱石が大英博物館を案内した。精神異常は誤報で神経衰弱であった。日本郵船の丹波丸で漱石と一緒に帰国しようと船を予約していたが、漱石は書籍の整理のため二船遅れて帰国する。

三六年、東京帝国大学文科大学講師

三九年五月漱石の執筆中の『吾輩は猫である』に対しホフマンの『牝猫ムルの人生観』の影響を問うた『猫文士気焔録』を発表する。

四〇年京都帝国大学文科大学教授　後に学長も務めた。

昭和二年死去　五八歳

それでは再び大津康に戻ろう。

当時の学生はフローレンツ教授の講義には敬服していた。「ただ語学の障壁を隔てているので、私達学生の胸にぴったり来なかった。これはいうまでもなく、私達の語学力が貧弱が原因をなしていたのである」と山岸光宣は述懐している。ところが大津はフローレンツと自在に会話をすることが出来たのである。

高校時代から近松の作品を翻訳したといわれ、翻訳、作文会話と全てに優れていた。
大学二年の明治四〇年五月、東京外国語学校講師になり（月給六〇円）二年後には教授に昇進している。（高等官七等、年俸五〇〇円）

明治四〇年七月、東京帝国大学文科大学独逸文学科を首席で卒業する。卒業論文は「ドイツ悲劇における運動思想」である。

明治四二年東京外国語学校教授に昇進すると同時に学習院の講師にも就任している。

明治四三年九月　東京帝国大学文科大学講師に就任

大正二年九月　第一高等学校教授に任命され新任ながら主任代理を務めることになる。当時の一高教授陣は丸山通一《みちかず》、保志虎吉《ほしとらきち》、岩元禎《いわもとてい》、菅虎雄、三並良《みなみはじめ》、葉山万次郎、上村清延《かみむらきよのぶ》、三浦吉兵衛、エミール・ユンケルがいた。この時大津は満三〇歳であった。ちなみに菅虎雄は四九歳で他の教授も皆一〇歳以上年長なので、異例の抜擢であった。

その頃雑誌『独逸語』の編集、『複式和文独訳』を出版し『独逸国民へ告ぐ』の翻訳に携わった。

大正八年七月　文部省よりドイツ語及びドイツ文学研究のためスイスに留学を命ぜられる。何故スイスかと云うと第一次世界大戦でドイツを敵国として戦ったため、スイス経由でドイツに行ったものと思われる。

留学に際して大津に課せられた課題は次の通《とお》りである。

大正八年
八月二十一日　時局ニ関スル教育資料調査嘱託ヲ解ク（文部省）
〃　欧米ニ於ケル通俗教育状況調査ヲ嘱託ス（文部省）
九月　十二日　東京帝国大学文学部講師ヲ解ク（東京帝国大学）
九月二十七日　外務省事務ヲ嘱託ス（外務省）
十月　十二日　欧州諸国大戦中ノ音楽ニ関スル調査ヲ嘱託シ手当金参百円贈与（東京音楽学校）
十月三十一日　東京駅発、同日横浜解纜（横浜丸）
〃　外国留学中年棒三分ノ一ヲ支給ス（文部省）

これを見る限り、広い分野で期待されていたことがわかる。

ドイツに赴きベルリン大学の聴講生として三学期を過ごした。

敗戦国となったドイツは経済が疲弊し、「中流以下の家庭の窮状は言語に絶えたものがある」

大津康の墓。鎌倉寿福寺

と大津は報告している。だがドイツ人は忍耐強く、文化も高く、底力があるので、必ず復興するだろうと予想していた。

大津の留学中に注目すべきことは、詩人のハウプトマンと大正九年一〇月五日に会見して会見記をまとめたことである。これは食卓での談話に過ぎないが、ハウプトマンの演劇観などがわかり、忘れられない思い出になったはずである。

会見後、大津は体調をくずす。最初は風邪かと思っていたが熱がとれないので入院した。だが依然として熱が続いた。国に帰ろうか、南仏のあたたかい所へ転地しようかとも考えたが結局帰国することにした。

大正一〇年三月九日、ハンブルグを出発した。そして横浜港に着いたのは五月二〇日のことであった。乗ったハバナ丸は貨物船であちらこちらの港で荷下しをしたため、七〇日もかかってしまった。横浜に着いた時病みやつれて、出迎えた妻恒や長女百合枝とも言葉を交わすことすら出来ない状態であった。

大津の不幸は留学に行く直前から始まった。まず長男の凌榮《りょうえい》を亡くしている。わずか一〇歳の命であった。そしてまた留学中の大正元年八月一〇日に次女のミナが増水した近所の川に落ち、それを救おうとした子守女と共に水死したのである。ドイツで故国の妻からの次女の訃報に接し悲嘆にくれ、二〇首の歌を残している。二人も子供を亡った悲しみは深かったに違いない。

大津は帰国後、即、横浜の大西病院に入院、一カ月後、鎌倉の病院に転院して七カ月の闘病生活を送った。二月四日逝去、満三八歳六カ月の若さであった。恒三二歳、百合枝七歳であった。

大津の翻訳した『虞美人草』と『野分』の会話を中心とした部分訳について、筆者は評価をしかねる。ドイツ語堪能な人から教えてもらいたいと思うしだいである。

大津康はドイツ語全般にすぐれていたが、特に会話が得意だったということである。そのため、二つの小説も会話の部分を選んで翻訳したものと思われる。

藝術宗教

人生と表現

„Also Darstellung, niccld Abbildung des Wirklichen Lebens ist die Aufgabe der Kunst."

第十巻第四號　大正十年三月九日第三種郵便物認可　大正十一年四月一日發行（毎月一回一日發行）

大津康追悼記念號

「人生と表現」

先程引用した雑誌『人生と表現』大正一一年四月号が「大津康追悼記念号」として発行されている。追悼文を寄せた人々の中で三井甲之《こうし》(歌人、評論家)は甲府中学の一年後輩であったが、この時代は知り合いでなく　帝国大学文科大学国文科時代に知り合い、同郷でしかも中学の先輩、後輩だったこともあり親しく付き合うようになる。正岡子規系の「根岸短歌会」を継承した雑誌『アカネ』を発行、和歌を中心に国家主義的思想を展開した。大津康の理解者であり家族のためにも尽した。

三井の追悼文を紹介する。

大津康君追悼號發刊にあたりて

われらここに
われらのことばをもつて
大津康君のために
追悼のいとなみをなす。
きみをしれるひとびと
もろもろの地位にあるひとびと、
このすりぶみのうへに
そのことばに
そのおもひをのべ
追悼のいとなみをなす。

これまことに
あたらしき宗教の
あたらしき儀禮なり。

ささやかなるものより
おほいなるものうまれむ、
このささやかなるすりぶみの、
またここにそのことばをあつめ
　たるひとびとの
くにのため世界のために
つくすいさをしおほいならむこそ
きみのみたまを
なぐさむるみちなれと
われらは信じてはたらかむ。

ああ、大津康君、きみは
日本の、
日本と獨逸との、
また世界の
ひとであり
永久の人格である。
それゆゑに
きみのみたまに
ささぐるは
われらの
公共勞作であり、
責務遂行である。
われらは
はたらき
つとめて

きみのみたまをなぐさめむ。

ああ、大津康君、
きみのみたまよ、
きみのともらの
ことばを
ききたまへや。

——三月十二日——

それにしてもこれから大いに活躍が期待されるのに若くして逝ったことは誠に惜しまれる。大津康の墓は鎌倉の寿福寺の源政子《まさこ》、実朝《さねとも》のすぐ近くにある。

六、『吾輩は猫である』に登場する気の毒な二人の先生

『吾輩は猫である』の中に津木《つき》ピン助と福地《ふくち》キシャゴなる二人の先生が登場する。二カ所に書かれており、まずはその個所を紹介する。

実業家、金田と夫人の鼻子の会話である。

「貧乏教師の癖《くせ》に生意気ぢやありませんか」と例の金切り声を振り立てる。「うん、生意気な奴だ、ちと懲らしめの為にいぢめてやらう。あの学校にや国のものも居るからな」「誰が居るの?」「津木ピン助や福地キシャゴが居るから、頼んでからかはしてやらう」吾輩は金田君の生国は分らんが、妙な名前の人間許り揃つた所だと少々驚いた。

(『吾輩は猫である』 三)

苦沙弥先生と哲学者、八木独仙との会話である。

「僕は不愉快で、肝癪が起つて堪らん。どつちを向いても不平許りだ」

「不平もい、さ。不平が起つたら起して仕舞へば当分はい、心持ちになれる。人間は色々だから、さう自分の様に人にもなれと勧めたつて、なれるものではない。」〔…〕

「所が毎日喧嘩ばかりしてるさ。相手が出て来なくつても怒つて居れば喧嘩だらう」

「成程一人喧嘩だ。面白いや、いくらでもやるがい、」

「それがいやになつた」

「そんならよすさ」

「君の前だが自分の心がそんなに自由になるものぢやない」

「まあ全体何がそんなに不平なんだい」

主人は是《（ここ）》に於て落雲館事件を始めとして、今戸焼の狸から、ぴん助、きしやご其ほかあらゆる不平を挙げて滔々と哲学者の前に述べ立てた。哲学者先生はだまつて聞いて居たが、漸く口を開いて、かやうに主人に説き出した。

「ぴん助やきしやごが何を云つたつて知らん顔をして居ればい、ぢやないか。どうせ下らんのだから。」
（『吾輩は猫である』八）

『吾輩は猫である』の「三」が書かれたのは明治三八年（一九〇五）二月二三日から三月五日の間といわれ、「八」が書かれたのは同年の一二月上旬から一七日の間といわれている。

菊池寿人

津木ピン助、福地キシャゴのモデルと称せられていた人物は当時、二人共一高の国文学の教授をしていた、杉敏介《すぎとしすけ》と菊池寿人《きくちひさと》である。杉は生徒からスギビンスケといわれており、二人共名前をモジッてつけられていて明らかにこの二人とわかるのである。校長は漱石の親友の狩野亨吉《かのうこうきち》であり、実は漱石が一高の英語の講師になったのも狩野の推薦のおかげである。他に漱石の友人で一高に関係していた人に山川信次郎がいる。明治三三年九月に一高教授になっているが、三五年一〇月「二六新報」に行儀見習で住み込んでいた近藤センを犯したとのスキャンダル（事実かどうかは不明）が掲載されそれにより退職していた。山川は狩野亨吉からの紹介者であり、一緒に富士登山に行っている。また漱石が熊本第五高等学校に教授として招き、『草枕』のモデルになったことで有名な小天温泉に一緒に行って逗留したり、『二百十日』のモデルとなった阿蘇登山もして、当時は大変親しい仲であった。だが漱石と山川はその後トラブルがあり、明治三九年一〇月二三日付の狩野亨吉宛の書簡で「余の性行は以上述べる所に於て山川信次郎氏と絶対的に反対なり」と述べ、以後交際を断っている。

狩野亨吉

生涯にわたり一番親友といわれている菅虎雄は明治三一年一高のドイツ語嘱託になり、三五年には教授に昇進したが、三六年五月清国の南京三江師範学校に赴いており、再び一高の教授に戻ったのは四〇年九

斎藤阿具

月のことであった。もう一人友人の斎藤阿《あ》具《ぐ》がいた。斎藤は埼玉県の出身で帝国大学文科大学史学科を卒業、大学院に入学、寄宿舎では漱石と同室になったこともあった。

小説では杉と菊池が漱石を疎外したような書き方になっているが、実際はどのような状況で、また二人の性格や評判はどうであったのだろうか。

菊池の方が先輩なので、菊池の方から経歴と人となりを紹介する。

菊池寿人

元治元年（一八六四）岩手県柴波郡古館村に南部出羽守お付きの武士であった父延人と母外衛のもとに生まれる。

叔父逸節の経済的援助を受け上京、共立学校に学び、明治一八年（一八八五）秋、大学予備門に入学、予科三年、本科（文科）二年を経て、明治二三年七月（卒業当時は第一高等中学校）卒業、帝国大学文科大学国文学学科へ入学、二六年卒業当時には三〇歳になっていた。大学院に入学、三年間に万葉集、源氏物語を研究、正岡子規と交友をあたためる。卒業後、陸軍幼年学校教授。明治三一年九月、一高教授。同年一一月には狩野亨吉が校長になり八年間狩野の下で教授を務め狩野を尊敬する。

明治四二年九月には教頭に就任し、大正八年九月まで一〇年間勤めるが、当時の校長新渡戸稲造は同郷の後藤新平に起用され、台湾の農業開発に尽力したり、欧米諸国に出張する国際人であったためほとんど学校にはいなかったし、次の校長瀬戸虎記《とらき》は病気のため、これまた学校を欠席することが多かった。そのため、ほとんど校長代行を務めることになる。大正八年七月〜九月校長事務取扱いを経て校長に就任、大正一三年九月まで五年間校長を務める。この校長を務めた五年間には教頭が斎藤阿具で幹事が杉敏介で三者一体となって校務を行った。この時期が一高の全盛時代ではなかったかと後に一高の教授になった亀井《かめい》高孝《たかよし》が証言している。

大正一二年九月一日の関東大震災で校舎は破壊、倒壊のおそれのある本館時計台の爆破を断行した。また東京帝国大学からの要請があり懸案中であった駒場への移転問題も決定に踏み切った。そして震災から一年後の一三年九月に校長を杉敏介にバトンタッチをするのである。

その後同校で講師一〇年、昭和四年には名誉教授になる。

脳溢血のため昭和一七年九月三〇日没、七九歳であった。

まさに一生を一高に捧げた人生であった。風雅を好み、山水行脚を楽しんだ。著書には『行々坊《ゆくゆくぼう》行脚記』『万葉集精考』がある。

学校運営にも優れ、学生からの評判もよかった。

杉　敏介

杉　敏介

明治五年五月、山口県士族杉肇の長男として生まれる。

明治二九年、帝国大学文科大学国文学科を卒業。同三二年、第一高等学校教授、大正八年幹事に、同一三年校長に就任、菊池校長を引き継ぎ、関東大震災後の混乱を冷静沈着に見事に処理した。この頃、左翼運動の火の手があがり一高内にも蔓延した。校舎爆破後のバラック建校舎に寝起きしながら激務をこなしている中、夫人が逝去する。このような精神的にも肉体的にもぎりぎりの状態で校舎の再建と学校運営に当たり、一高の歴史の中で最もきびしい時期の五年間を乗り切り、昭和四年七月に校長の座を森巻吉《もりけんきち》に譲った。校長退任後、名誉教授になり、菊池と同様生涯を一高に尽くした。一高教員時代の杉は職員からも学生からも絶大の信頼を得ていた。学校運営に当たっても金銭感覚の潔癖さ、正義感の強さ、機転の利いた判断力はすばらしかった。

古稀を迎え、一切を後進に譲り、郷里の田舎で隠遁生活に入る。典籍に力を注ぎ、古筆や絵巻物の蒐集したり、毛利家の幕末維新にかけての古文書を整理分析した。

太平洋戦争の終戦で悠々自適な生活は破られ、さらに戦後一カ月後の台風で家屋浸水、書籍の一部と炭や玉葱、じゃが芋などの食料も失う。

菅　虎雄

こうして菊池、杉の二人の一高での勤務ぶりや職員、生徒への対応、生活信条などを調べてみると漱石が二人から疎外されていたとは信じ難い面がある。著者の推理では菊池、杉の両人が学校運営も上手でそつなく振る舞うのが面白くなかったか、その頃、神経衰弱（精神医学者千谷士郎氏の解明では内因性鬱病）がひどい時期だったので二人から疎外されていると感じていたかのどちらかではないかと思われる。

校長の狩野とは親友であったし、当時の住んでいた千駄木の家の持ち主であった斎藤阿具が仙台の二高から戻り、三九年一二月一高教授になったが、その斎藤とも仲が良かった。斎藤は菊池、杉とも息がぴったりで、三人で一高の全盛時代を築きあげたことは先に述べた。斎藤は大正八年九月、菊池の校長就任時に教頭になった。五年後の大正一三年に杉、その五年後の昭和四年から八年まで森巻吉がそれぞれ校長を担った。斎藤はその間、教頭としては異例の長さの一四年間を勤め上げた。そしてその生涯を一高に捧げた。

尚、一高には漱石の生涯を通して一番の親友といわれている菅虎雄が清国南京三江師範学校から四〇年九月に帰国して、一高のドイツ語教授に再び就任するのである。菅もまた一高のために一生を捧げるのである。

こうして一高に漱石の多くの親友が奉職している中、菊池と杉とは気が合わなかったことは不思議である。漱石も同僚の二人を『吾輩は猫である』の中に明らかにモデルとわかる形で登場させ発表するということは一寸異常といわざるを得ない。このことは当時の一高生の間で評判になったばかりか、三崎座でも『吾輩は猫である』が上演され津木ピン助や福地キシャゴも登場していた。

菊池も杉も『吾輩は猫である』を読んだと想像されるが、その感想は伝わっていない。正に気の毒としかいいようがないのである。

前項で書いた大津康も大正二年一高のドイツ語教授主任代理となり、一一年の死去の折は菊池や杉も雑誌『人生と表現』の中で心から哀悼の詞を述べているのである。

尚、余談ではあるが、当時一高のドイツ語教授に岩元禎なる奇人といわれている人物がいた。岩元は鹿児島の城下士族岩元基の長男として明治二年五月三日に生まれる。父基の弟の平八郎恒成は西郷隆盛と共に西南戦争に参加して明治一〇年九月二四日城に於て三一歳で死去している。

大学予備門から、東京帝国大学文科大学哲学科を明治二七年九月に卒業、漱石より一級下である。漱石も尊敬していたケーベル先生に心酔し、漱石と共に講義を受ける。ソクラテス以前のギリシヤ哲学を学び、ケーベルから信頼を得る。

高等師範学校教授を経て、明治三二年一高教授に就任、生涯を一高に捧げた。

狩野亨吉と同様、生涯を独身で通した。鹿児島県人的男尊女卑の考え方から、母堂さえ粗暴に扱った。授業は極端にきびしく、教科書はドイツ本国から輸入したものを使い、絶対に翻刻本は使用しなかった。毎年必ず教科書を取り換え同じものは使用しなかった。試験は苛酷で多くの生徒に落第点をつけた。岩波茂雄、山本有三も岩元によって落第させられた。

哲学者でもあったが、古典と漢籍と洋書についての読書力の深さはは計り知れないものがあった。西洋古典芸術にも精通していた。大正九年に高等学校学科内容の大改革があり、「哲学概論」が新設され、岩元はドイツ語以外初めて講義をすることとなった。この時生徒の間では再び落第点の恐怖におののいたといわれている。

独身であった岩元の生活態度の奇人ぶりはたいしたものだった。入浴には二時間かけ、手洗いも服と足袋を着替えて入り、出てきてまた着替えをした。自宅では和服、学校では背広を着ていたが、共に最高級のものを注文して着ていた。安物は一切受けつけず、高級品をすり切れるまで着た。若い時は丸坊主であったが、その後は散髪はたまにしかしなかったので、ぼうぼう頭で平然としていた。

食べ物でも出前の鮨にはえがとまっただけで鮨司桶をひっくり返し、再び注文させた。お茶の水駅近くの酒屋の二階を借りて住んでいた岩元は、学生が訪れてくると夕食時には七輪に火をおこし、大きなフライパンを載せてイタリヤ産のオリーブオイルをたっぷり入れ、高級な牛肉と野菜で塩味の牛鍋を作って食べさせた。当時帝国大学の学生だった亀井高孝も高橋英夫、前田多門も大変滋味であったと証言している。

酒は泡盛を飲み、角砂糖は一度に五斤も買い、「岡野栄泉堂」では大包の最中を買い、一斗缶入りの蜂蜜を年間三缶も使用した。

漱石とは一高で四年間同僚であったが気が合わなかったらしく、接触した記録はない。

岩元の方でも漱石の小説は評価していなかった。伝えられている漱石評は次のようである。

「夏目は英語はできるんじゃよ、井上十吉さんがほめておったが。だのに後でつまらんものを書きおってのう」

である。この中には東京帝国大学の学生や一高の生徒の間で大変評判となった明治四一年『朝日新聞』に連載された『三四郎』も含まれている。一高生の間では登場する広田先生は岩元がモデルではないかとささやかれていたという。〝偉大なる暗闇〟と称せられていた一高の英語の教授であった広田先生は魅力ある人柄で深い学識のある人物であった。独身で大学教授にもならず、著作もしない。読書家で哲学的な発言でまわりの者を煙に巻く。こうした人物像が岩元とむすびついたのであろう。この頃、明治四一年一高を卒業して東京帝国大学の学生になった者に谷崎潤一郎と辰野隆《たつのゆたか》（フランス文学者、結婚式に漱石出席）がいた。学生や生徒がいくらモデルだと騒いでも漱石が岩元を参考に書いたかははっきりしていない。第一広田先生は岩元ほどの奇人ではない。当時二高の英語の教授に粟野健次郎がいた。粟野は元治元年（一八六四）仙台伊達家の支藩田村氏に仕える士族の家に生まれる。長男であったが弟妹が多かった。父が明治の官員になり新潟刑務所勤務となったため新潟英学校に入学。明治一三年に卒業した。上京して慶應義塾に入学したが講義は全く聴かず、上野の図書館に三年間通い、館内の英語の本は全部読破したという。文部省の中学教員検定試験に合格、そのすばらしい出来ばえに驚嘆したという。粟野が一高教員時代に漱石を教えていて漱石は「自分ははたして粟野健次郎のようになれるだろうか」と思っていたと土井晩翠《どいばんすい》（詩人）に語っている。粟野も人望が厚く、独身で二高の名物教授になっていた。当時二高には高山樗牛《たかやまちょぎゅう》、後に漱石とも親交を結ぶことになる畔柳芥舟《くろやなぎかいしゅう》がいた。この粟野も広田先生のモデルではないかといわれていた。

校長だった漱石の親友、狩野亨吉も一部の人達から広田先生のモデルではとささやかれていたということである。

一高、東京帝国大学のコースは秀才コースであり、全盛期の一高にはこのような名物教師が大勢いたのである。

一高幹部表

校名：第一高等學校

年：三一　三二　三三　三四　三五　三六　三七　三八　三九　四〇　四一　四二　四三　四四　四五　大正元　二　三　四　五　六　七　八　九　一〇　一一　一二　一三　一四　一五　昭和元　二　三　四　五　六　七　八　九　一〇　一一　一二　一三

校長

氏名	職	自	至
澤柳政太郎	(校長)	七・二〇	一一・二四
狩野亨吉	(校長)	一一・二四	七・五
今村有隣	(校長事務取扱)	七・五	九・五
今村有隣	(校長)	九・五	九・二八
新渡戸稲造	(校長)	九・二八	四・二三
瀬戸虎記	(校長)	四・二三	七・一七
菊池壽人	(校長事務取扱)	七・一七	九・一〇
菊池壽人	(校長)	九・一〇	九・一三
杉敏介	(校長)	九・一三	七・二
森巻吉	(校長)	七・二	四・二三
橋田邦彦	(校長)	四・二三	

教頭

氏名	職	自	至
今村有隣	(教頭)		七・五
五島清太郎	(教頭)	一〇・一〇	七・六
菊池壽人	(教頭)	九・一四	九・一〇
齋藤阿具	(教頭)	九・一一	九・四
高橋堅	(教頭)	九・四	四・一三
菅沼市藏	(教頭)	四・一三	一・八
三谷隆正	(教頭)	一・八	

幹事

氏名	職	自	至
			四・二八
飯島正之助	(幹事)	九・二二	九・二八
堀鐵之丞	(幹事)	一〇・五	八・一五
須藤傳次郎	(幹事)	九・二	七・一三
杉敏介	(幹事)	九・一一	九・一三
菅沼市藏	(幹事)	九・一五	三・二
森巻吉	(幹事)	三・二	八・二七
高橋堅	(幹事)	九・二	九・四
峰尾都治	(幹事)	九・一	一・八
竹内潔	(幹事)	九・四	四・一三
渡邊秀雄	(幹事)	四・一三	一・八
亀井高孝	(幹事)	一・八	

生徒主事

谷山初七郎（舎監）　谷山初七郎（生徒監）　山口政二（生徒監）　岡田恒輔（生徒監）　岡田恒輔（生徒主事）（兼）　中村弘道（生徒主事）（兼）　竹田復（生徒主事）　佐々木喜市（生徒主事）（一三・三・三ヨリ兼）　佐々木順三（生徒主事）

至 九・九　自至 一二・四／一二・四　自至自至 八・八／八・一七／三・三一／三・二八　自 四・二〇　自至 一〇・三〇／一〇・三〇　自 七・二〇　自至 四・一六／四・二四　自至自至至 八・二〇／八・二〇／三・三一／三・三一／四・二三

七、虚子と漱石、松山でステーキを食う

明治二九年（一八九六）三月一日に高浜虚子は次兄で弥源太政忠の病気見舞に松山市玉川町を訪れた。その日のうちに愚陀仏庵に漱石を訪問し、漱石と共に村上霽月を訪れ、神仙体の俳談句作をしている。虚子は松山在中にしばしば漱石を訪れ、句作をしたり、道後温泉に遊んだりしている。

筆者が前々作『漱石、ジャムを舐める』を「松山坊っちゃん会」に謹呈したところ、松山坊っちゃん会会報第三号に受贈図書紹介の項に次のように紹介された。

○「漱石、ジャムを舐める」

河内一郎著（２００６年４月創元社刊）著者は長らく食品会社勤務。退職後、その職業知識を生かし漱石の作品等から「飲食」に関する項目を追求研究した漱石文学食文化史。松山で初

めて虚子とステーキを食べた話が出てないのは残念。労作。

早速、頼本冨夫会長に手紙を出し、「虚子と漱石が松山でステーキを食べた話は存じませんでした。資料を送って下さい」と申し上げたところ『子規と漱石と私』（高浜虚子著、永田書房）の松山に於ける虚子、漱石の記述やら、当時松山に流通していた豚肉、牛肉などの資料をお送りいただいた。よって、今回の項は書くことが出来たしだいである。

まず虚子の『子規と漱石と私』の中からステーキを食べたであろう個所を引用する。

此三十年の歸省の時、私はしば〳〵漱石氏を訪問して一緒に道後の温泉に行つたり、俳句を作つたりした。その頃道後の鮒屋で初めて西洋料理を食はすやうになつたといふので、漱石氏はその頃學校の同僚で漱石氏の下にあつて英語を教へてゐる何とかいふ一人の人と私とを伴つて鮒屋へ行つた。白い皿の上に載せられて出て來た西洋料理は黒い堅い肉であつた。私はまづいと思つて漸く一きれか二きれかを食つたが、漱石氏は忠實にそれを嚙みこなして大概嚥下してしまつた。今一人の英語の先生は關羽のやうな長い髯を蓄へてゐたが、それもその髯を動かしながら大方食つてしまつた。此先生は金澤の高等學校を卒業したきりの人であるといふ話であつたが、妙に気取つたやうに物を言ふ滑稽味のある人であつた。此人はよく漱石氏の家へ出入してゐるやうであつた。此鮒屋の西洋料理を食つた時に、三人は矢張り道後の温泉にも這入つた。

「三〇年帰省の時」と書いてあるのは虚子の勘違いで明治二九年三月一日から四月一〇日の間である。四月一〇日に虚子、漱石共に三津浜港を出発し、一等船室で宮島に行く。宮島で一泊し翌日広島で二人は別れ、虚子は東京へ、漱石は新しい赴任先の熊本へ向かったのであった。鮒屋に西洋料理を食べに行ったもう一人の同僚とは英語ではなく歴史の中村宗太郎教諭である。中村については「漱石研究年表」（荒正人、集英社）で次のように紹介されている。

金沢高等学校卒。頤に髭のある好男子で伊達男である。松江中学では、ラフカディオ。ヘルンと同僚で、遊廓に連れ出したと自慢し、愛媛県尋常中学校では、妓楼から欠勤届をだして欠勤していた。教師仲間には評判はよくなかったが、生徒たちは黙っていた。

虚子、漱石、中村は何日に鮒屋に行ったのだろうか。西洋料理を食べて温泉にも入ったと言っている。漱石と中村は授業があったので日曜日に行ったと思われる。虚子が松山にいた間の日曜日は三月一日、八日、一五日日、二二日、二九日、四月五日である。その中で行動記録が残っている三月一日は外すことになる。三月下旬か四月初め、松風会主催の第五高等学校転任の送別会が開かれているので、三月二九日と四月五日ではなさそうである。残るは三月八日、一五日、二二日のいずれかであろう。鮒屋（現、ふなや）では漱石がいつ西洋料理を食べに来たか、記録がないと言っている。

鮒屋の西洋料理は黒い硬い肉であったと記されている。頼本会長の研究によると愛媛県史に愛媛での豚の飼育は明治三三年に豚三九頭を飼育したのが最初であると書かれているので、牛肉の可能性が高いといわれている。ふなやの見解も同様であった。

当時、松山では上等の肉は流通していなかったのであろう。御当地一級の鮒屋でも硬い肉しか手に入らなかったと思われる。出されたステーキは黒くて硬くて上等ではなかったので、虚子は一切か二切しか食べなかったのに引きかえ、漱石と中村宗太郎は全部たいらげたと書かれている。

また、鮒屋については前年の明治二八年一〇月六日（日）に、漱石と子規は道後温泉に遊びに行き、鮒屋に立寄っている。その時、鮒屋で昼食をとったものと思われるが何を食べたかわかっ

漱石の句碑

ていない。

さらに現在のふなやでは明治二八年の秋に子規と漱石が泊まったと伝えられており、玄関前には、

「はじめての　鮒屋泊りを　しぐれけり」

という漱石の句碑が建てられている。

ふなやには当時の宿帳が残されている訳ではなく、何月何日に泊まったかはわかっていない。この句は岩波書店の漱石全集第十七巻に明治二九年の作として載っている。ちなみにこの句の〝時雨《しぐれ》〟は冬の季語である。

子規は日清戦争の従軍記者として遼東半島に渡り、志を全うすることなく帰国した。途上喀血したので神戸の病院に入院、療養した後、松山に帰ってきて自分の家にも、親類の家にも行かず、漱石の愚陀仏庵に転がり込んできた。八月二七日の出来事である。句会を開いたり、うなぎの蒲焼を勝手に注文して食ったりして、一〇月一九日に上京する時には〝君払って呉れ玉え〟といって澄まして帰って行ったと語っている。

そもそも漱石は牛肉の料理は学生時代より死ぬまで大好きだったらしく頻繁に牛鍋、焼肉などを食べた話が出てくる。

学生時代、同じ下宿の橋本左五郎との食生活の思い出が『満韓ところどころ』に書かれている。

橋本左五《はしもとさ》郎《らう》とは、明治《めいぢ》十七年《ねん》の頃《ころ》、小石川《こいしかは》の極楽水《ごくらくみづ》の傍《そば》で御寺《おてら》の二階《かい》を借《か》りて一所《しよ》に自炊《じすゐ》をしてゐた事《こと》がある。其時《そのとき》は間代《まだい》を払《はら》つて、隔日《かくじつ》に牛肉《ぎうにく》を食《く》つて、一等米《とうまい》を焚《た》いて、夫《それ》で月々《つきぐ》二円《ゑん》で済《す》んだ。尤《もつと》も牛肉《ぎうにく》は大《おほ》きな鍋《なべ》へ汁《しる》を一杯《ぱい》拵《こしら》へて、其中《そのなか》に浮《う》かして食《く》つた。十銭《せん》の牛《ぎう》を七人《にん》で食《く》ふのだから、斯《か》うしなければ食《く》ひ様《やう》がなかつたのである。飯《めし》は釜《かま》から杓《しやく》つて食《く》つた。高《たか》い二階《かい》へ大《おほ》きな釜《かま》を揚《あ》げるのは難儀《なんぎ》であつた。余《よ》は此処《ここ》で橋本《はしもと》と一所《しよ》に予備門《よびもん》へ這入《はい》る準備《じゆんび》をした。橋本《はしもと》は余《よ》よりも英語《えいご》や数学《すうがく》に於《おい》て先輩《せんぱい》であつた。入学試験《にふがくしけん》のとき代数《だいすう》が六づかしくつて途《と》方《はう》に暮《く》れたから、そつと隣席《りんせき》の橋本《はしもと》から教《をし》へて貰《もら》つて、其御《そのお》陰《かげ》でやつと入学《にふがく》した。所《ところ》が教《をし》へた方《はう》の橋本《はしもと》は見事《みごと》に落第《らくだい》した。入学《にふがく》をした余《よ》もすぐ盲腸炎《まうちやうえん》に罹《かゝ》つた。是《これ》は毎晩寺《まいばんてら》の門前《もんぜん》へ売《うり》に来《く》る汁粉《しるこ》を、規則《きそく》の如《ごと》く毎晩《まいばん》食つたからである。汁粉屋《しるこや》は門前迄来《もんぜんまでき》た合図《あひず》に、屹度団扇《きつとうちは》をばた〳〵と鳴《な》らした。其《その》ばた〳〵云《い》ふ音《おと》を聞《き》くと、どうしても汁粉《しるこ》を食《く》はずにはゐられなかつた。従《したが》つて、余《よ》は此汁粉屋《このしるこや》の爺《おやぢ》の為《ため》に盲腸炎《まうちやうえん》にされたと同然《どうぜん》である。

（『満韓ところどころ』十三）

豚汁ならぬ牛汁を一日おきに食べたと言っている。

学生時代は子規とも牛肉を焼いて食べた話が伝わっている。子規が明治二四年一二月に常磐会寄宿舎を出て、本郷区駒込追分町の奥井家に下宿していた時の出来事である。この下宿では小説家を志し、『月の都』という小説を書いて得意がっていた時期である。

冬のある日、漱石が訪れると子規は便所に入るのに寒いといって火鉢を持って入るのである。便所に火鉢を持って入ったって当たる事が出来ないのじゃないかと漱石が言うと、当たり前にするときん隠しが邪魔になっていけないから、後ろ向きになって前に火鉢を置いて当たるのだという。その火鉢で牛肉をぢゃあぢゃあ焼いて子規と漱石は食ったと言っている。

早稲田南町時代には面回日の木曜会に集ってくる門下生の小宮豊隆や森田草平等が頻繁に泊ま

って飲み食いをしていったが、こんな時、鏡子夫人が出した料理は必ず牛鍋であったと当時、行儀見習いで漱石の家に住み込んでいた鏡子夫人の従姉妹の山田房が語っている。

漱石が生涯で最も好んで、しかも多く食べたのは牛肉料理であったのではないかと思われるのである。

八、漱石、ライスカレーを食う

漱石の小説でライスカレーのことは『三四郎』に書かれている。三四郎の大学生活が始まった。与次郎という友人も出来る。大学近くの本郷四丁目二八番にあった淀見軒に連れれて行かれて、ライスカレーを御馳走になる。

昼飯を食ひに下宿へ帰らうと思ったら、昨日ポンチ画をかいた男が来て、おいおいと云ひながら、本郷の通りの淀見軒と云う所に引っ張って行って、ライスカレーを食はした。淀見軒と云う所は果物を売っている。新しい普請であった。ポンチを画いた男は此建築の表を指して、是がヌーボー式だと教へた。三四郎は建築にもヌーボー式があるものかと始めて悟った。

（『三四郎』　三の三）

ライスカレーの歴史は次のとおりである。

ライスカレーという呼び名は明治、大正の頃は大衆レストランや食堂での呼び名で、日比谷公園内の松本楼などの高級レストランでは、カレーライスと呼んでいた。

カレーライスは、明治時代に日本人が創作した。カツレツ、コロッケと共に三大洋食風日本料理（和風洋食料理）の一つである。今日でも大いに食べられている人気料理で、一部は高級化していった。

カレーの発祥地はインドである。カレーの語源は、北インドのタミール語のカリに由来する。カレー粉は、様々な香料を混ぜて作る。コショー、シナモン、クローブ、ナツメグなどの香辛料が一五〜一六世紀の大航海時代に発見される。香辛料の産地や集積地と近いインドではカレー料理が発達する。素材のジャガイモ、ギー（乳製油）、ヤシの実の汁でとろみをつけ、ルーは使用しない。

一七七二年、初代ベンガル総督のウォーレン・フェスティングは、インドのカレー料理の魅力にとりつかれ、スパイスと米をイギリスに持ち帰る。その後、世界初のカレー粉製造会社C＆B（クロス・アンド・ブラックウェル）が設立される。

明治二〇年代になると小麦粉でとろみをつけ、肉、ジャガイモ、玉葱、人参を加え、ルーの多い日本独特のとろみソースのカレーが出来る。

明治三三年三月の酒類食料品問屋逸見山陽堂《へんみさんようどう》の相場表にC&Bカレーが載っている。

CBカレー粉	平小瓶	一打ニ付	二円八〇銭
〃	丸中	一打ニ付	四円八〇銭
〃	丸大	一打ニ付	七円九〇銭

一流の西洋料理店や上流家庭では、C&Bカレーを使用していたことがわかる。

明治三五年〜三六年頃、ヨーロッパ航路の日本郵船の食堂で初めて、カレーライスに福神漬が添えられる。その後、帝国ホテルや資生堂パーラーでも、福神漬が添えられるようになった（酒悦の資料より）。

『三四郎』に出てくる淀見軒は今はないが、当時は、本郷四丁目八番地（現、文京区本郷四丁目一番一〇号）にあった。東大生に人気があり、溜まり場でもあったようだ。ライスカレーは一〇銭で、この頃、他の大衆店では五～七銭位であったので少々高いが、量が多く、大食漢な学生でも満腹になったという。それに学生に限り、ツケが利くのも人気の一つであった。淀見軒は一階で果物を売り、食堂は階上一間、階下一間であった。繁盛したこともあり、明治三九年に改装をする。それがヌーボー式建築であったのだろう。ライスカレーの他、ビーフステーキやコールドビーフ、それにビールも出した。漱石も何度か行っていることだろう。

尚、三四郎が淀見軒に行った帰りに与次郎から教えられた、青木堂は本郷五丁目三番地（現文京区本郷五丁目二四番三号）にあり、洋酒、煙草、輸入食品を扱う小売店で、喫茶室もあり当時は東大生のたまり場であった。

三四郎はその少し後、青木堂の喫茶室で、上京する汽車の中で水密桃を一緒に食べた髭の男と会う。彼は茶を飲み、三四郎はグラスの葡萄酒を飲む。東大の学生はよくここの二階でコーヒーを飲んでいたという。メニューにはココアもあった。

早稲田南町時代の夏目家では矢来にもあった青木堂から、紅茶、バター、ハム、ソーセージなどを届けさせ、月末に支払いをしていた。

次男の伸六は九段の暁星小学校に通っていた頃、学校の帰り、兄の純一と共に青木堂に寄り道して、ネッスル（現ネスレ）のチョコレートやキャラメル・キャンデーなどのお菓子を毎日のように買い込んで帰った。払いは全てツケだったのであるが、鏡子夫人は何も言わないで支払っていたそうである。

これをみても鏡子夫人の半端ではない大ざっぱな性格が見てとれる。

漱石がカレーライスを食べた記録はない。だが『三四郎』のこの章を読むと淀見軒で食べた可能性は高い。また行ったことのある日比谷公園内の松本楼でも食べたかもしれない。

カレーは鏡子夫人の『漱石の思い出』にも長女筆子さんや次男の伸六さんの著作にも書かれていないので、家庭の食卓には上がらなかったようだ。

九、漱石の食べた米

漱石の小説で米、南京米は『坑夫』に書かれている。

青年が坑夫達から食事の時に主食についていわれる。

「御膳《ごぜん》を御上《おあ》がんなさい」

と云《い》ふ婆《ばあ》さんの声《こゑ》が聞《きこ》えた。（中略）見《み》ると剥《は》げた御膳《おぜん》の上《うえ》に縁《ふち》の欠《か》けた茶碗《ちゃわん》が伏《ふ》せてある。小《ち》さい飯櫃《めしひつ》も乗《の》っている。箸《はし》は赤《あか》と黄《き》に塗《ぬ》り分《わ》けてあるが、黄色《きいろ》い方《ほう》の漆《うるし》が半分程《はんぶんほど》落《お》ちて木地《きぢ》が全《まった》く出《で》ている。御菜《おさい》には糸蒟蒻《いとこんにゃく》が一皿《さら》附《つ》いていた。自分《じぶん》は伏目《ふしめ》になって此御膳《このおぜん》の光景《くわうけい》を見渡《みわた》した時《とき》、大《おほ》いに食《く》ひたくなつた。（中略）さうして光沢《つや》のない飯《めし》を一口《ひとくち》掻《こ》き込んだ。すると笑《わら》い声《ごゑ》よりも、坑夫《かうふ》よりも、空腹《くうふく》よりも、舌《した》三寸《ずん》の上丈《うへだけ》へ魂《たましひ》が宿《やど》ったと思《おも》ふ位《くらゐ》に変《へん》な味《あぢ》がした。飯《めし》とは無論受取《むろんうけと》れない。全《まつた》く壁土《かべつち》である。此《こ》の壁土《かべつち》が唾液《つばき》に和《と》けて、口《くち》一杯《ぱい》に広《ひろ》がった時《とき》の心持《こゝろもち》は云《い》うに云《い》はれなかった。

「面《つら》あ見《み》ろ。い、様《ざま》だ」

と一人《ひとり》が云《い》ふと、

「御祭日《おさいじつ》でもねえのに、銀米《ぎんまい》の気《き》で居《ゐ》やがらあ。だから帰《けえ》れつて教《をせ》えてやるのに」

と他《ほか》のものが云《い》ふ。

「南京米《ナンキンめえ》の味《あぢ》も知《し》らねえで、坑夫《かうふ》にならうなんて、頭《あたま》つから料簡違《れうけんちげえ》だ」

と又一人《またひとり》が云《い》った。

（『坑夫』五十一）

米の歴史を述べる。

米の原産地はアッサム、雲南地方である。

日本への渡来は、縄文時代後期とする説が有力である。米の種類は、モミの形が短くて粘りのあるジャポニカ種、細長くて粘りの少ないインディカ種、中間のジャパニカ種に分けられる。

奈良時代、養老四年（七二〇）の『日本書記』に水田種子（稲）とある。寛永二〇年（一六四三年）の『料理物語』にうるち米、もち米を粉にした、すすり団子、ちまき、雪もちなどが出てくる。八代将軍吉宗は米の増産に熱心に取り組み、米将軍といわれる。明治時代になり、米は都市部では常食とされたが、地方では、米を食べる量は少なかった。「おしん」で有名になった大根めしや麦、甘藷が多く、山間地では粟、そば、稗などが多く食べられていた。

米は輸出されるようになり、明治六年から一六年までの年間平均輸出量は、約一九万石であった。ピークは明治一一年の七九万石であるが、これは清が凶作で、清への輸出が急増したことによる。

明治一二年から輸出米は急減しているが、これは内地米が高値になったからである。

明治二四年、清は再び凶作になり大量の米が輸出され、日清戦争以降も続いた。この輸出によって米価は安定し、米作りが企業化される。内地米が清に高値で輸出された結果、大阪では米不足となり、明治二三年頃から朝鮮米、清米を多く消費するようになった。東京でも米価が高騰したので、大量に外米を輸入した。このお蔭で明治二五年頃から米価は下落し、日清戦争後は台湾米が、明治末期には朝鮮米が、安価に輸入され、これによって米価は安定し、全国各地で米を主食とすることが出来るようになった。

夏目家の主食は、漱石の朝食はパン、家族は白米の御飯。昼、夕食は原則的には白米の御飯で、時には麵類のこともあった。

一〇、漱石の食べた野菜

野菜について『行人』に書かれている。

兄の一郎を親友のHさんの旅に誘い出してもらい、沼津、修善寺、小田原、箱根と旅してまわり、最後に鎌倉の紅ヶ谷の小さな別荘に落着く。食事は近所の宿屋から三度三度運んでもらって、二人で気楽に過ごす。

この別荘にも留守番の爺さんがいて、家庭菜園をしていたことがわかる。

庭先《にはさき》に少《すこ》しばかりの畠《はたけ》があつて、其処《そこ》に茄子《なす》や唐《たう》もろこしが作《つく》つてあります。此茄子《このなす》を捥《も》いで食《く》はうかと相談《さうだん》しましたが、漬物《つけもの》に拵《こしら》へるのが面倒《めんだう》なので、つい已《や》めにしました。唐《たう》もろこしは未《ま》だ食《た》べられる程実《ほどみ》が入《い》りません、勝手口《かつてぐち》の井戸《ゐど》の傍《そば》に、トマトーが植《うゑ》えてあります。それを朝顔《あさかほ》を洗《あら》ふ序《ついで》に、二人《ふたり》で食《く》ひました。

（『行人』（塵労）四十七）

日本で農耕が始まったのは稲作が伝わった縄文時代晩期で、野菜の中でもごぼうの種やアブラナ類の種が遺跡から出土しているので、その頃に焼畑栽培が行われていた可能性がある。三世紀になると、魏志倭人伝に中国原産の生姜などが栽培されていたと書かれている。奈良時代になると正倉院文書の記載から、アザミのような日本に野生する食物と栽培種の利用の割合は半々くらいであったろうといわれている。

信長が天下を統一した頃が、欧州では大航海時代で、トマトなど新大陸原産の作物が初めて欧州に伝わった。信長は新大陸原産のかぼちゃや唐辛子などを導入したといわれ、安土、桃山時代にかなりの野菜が渡来した。また、そら豆、すいか、ほうれん草などの新野菜もこの頃、中国から伝わった。

江戸時代にはうどやみつばなど、秋に株の上にゴミを被せておくと、二月には芽が出るという早出し栽培法が伝えられている。各地で品種改良が行われ、練馬、みの早生、二年子大根や、聖《しょう》護院《ごいん》蕪《かぶら》などが生まれた。

明治時代になると政府は欧米化政策をとり、農業の分野では三九〇石の種子と五二万本の苗木を欧米から輸入した。野菜では六〇種、二六八品種の種苗を入れ、東京の内藤新宿試験場と三田育種で試作し、その後各地の試験場で試作した。しかし、特性をよく知らずに試作したことや、気候風土に合わず、不成功に終わった例が多い。キャベツや玉葱のように明治の末期になってやっと栽培面積を増したものもある。

夏目家では当然のことながら、野菜はかなりの量が食べられていた。晩年の早稲田南町時代は屋敷が三四〇坪もあり、庭の一部にお手伝いさんが家庭農園をやり、季節の野菜を収穫していた。八百屋への支払いもわかっている四カ月をみると、大正三年一二月、一三円一二銭、大正四年一月、一二円三二銭、二月、一二円二六銭、三月、一二円一五銭とほぼ同金額の支払いをしている。当時の八百屋は現在のような果物は売っていない。果物は別に、橘屋という果物屋に届けさせ支払いをしているので、野菜だけの金額である。

どんな野菜をどれくらい食べていたかはわからない。当時の東京市と近郊の名物野菜を記してみる。

千住　エンドウ、京菜、せり、三つ葉、しそ、春菊
練馬　大根、にんじん、うど

駒込　茄子
内藤新宿　とうがらし
谷中　しょうが
早稲田　みょうが
羽田　西瓜
不忍池　蓮
板橋　みの早生大根
金町　小かぶ

左記の野菜は特に流通がしやすく安価に手に入ったので夏目家の食卓にあがったのではないかと思われる。

早稲田南町時代の夏目家では、物置小屋にさつまいもとじゃがいもが俵で保管されていたと、次男の伸六氏が著書『父・漱石とその周辺』の中で証言しているので、かなり頻繁に食べられていたと思われる。

極貧の樋口一葉も明治二五年～二六年の菊坂時代には借家の庭に野菜を作り、そこにあった梅の木から、梅の実を収穫したと言っている。またこの頃の日記に大根一三本で八銭とは安いので買ったと書いている。

『行人』に書かれている鎌倉の別邸の庭には茄子、とうもろこし、トマトが植えられていた。夏目家の庭にも同じように植えられていたのかもしれない。

漱石の主な作品、一五のうち『野分』と『心』以外の作品一三には何らかの野菜が登場している。

大根、薩摩芋《さつまいも》、馬鈴薯《ばれいしょ》（じゃがいも）、山芋、長芋、人参、唐茄子《とうなす》（かぼちゃ）、隠元豆《いんげんまめ》、唐がらし、山葵《わさび》、山椒《さんしょう》、水瓜《すいか》、孟宗竹《もうそうちく》―たけのこを食すなどである。

一一、漱石の食べた漬物

漬物について『門』に書かれている。

宗助の家の夕食の支度風景である。当時の庶民の生活はこんなものだったのだろう。当然、漬物も必ず、膳の上にのぼった。

台所へ出て見ると、細君は七輪の火を赤くして、肴の切身を焼いていた。清は流し元に曲んで漬物を洗っていた。二人とも口を利かずにせっせと自分の遣る事を遣っている。

（『門』四）

漬物の歴史は以下のとおりである。

漬物とは多種多彩な材料を塩、糠《ぬか》、味噌、醤油などの漬け床や調味料に漬け込み保存性を高めたものをいう。香、香の物、新香、香香、お香々ともいう。

漬物の歴史は古く、平安中期の延長五年（九二七）「延喜式《えんぎしき》」（法令集）に漬物、粕漬、醤漬、味噌漬の名がある。室町時代に茶の湯が盛んになると漬物の種類も増える。味噌のことを香といい、足利義政の頃から、味噌漬のことを香々、香の物と呼んだ。

漬物は江戸時代に発展した。

江戸時代になると、元禄八年（一六九五）「本朝食鑑《ほんちょうしょっかん》」（食用・薬用動植物についての書）に浅漬、茎漬、糠漬、甘漬、粕漬の製法が紹介される。

天保七年（一八三六）の「四季漬物早指南」には六四種類の漬物が掲載されている。

日本最初の漬物屋は寛永年間（一六二四～一六四三）に材木商の河村瑞軒《ずいけん》が江戸で開いた。江戸では漬物屋と呼び、上方では茎屋と呼んだ。

日本に漬物が広く根づいたのは、気候、風土が乳酸発酵させる漬物製造に適したこと、山間部で冬の保存食に重宝であったこと、僧院で沢庵漬、味噌漬が発達したことなどが挙げられる。

江戸時代の漬物は、塩漬、味噌漬、粕漬、糠漬、山椒漬、紫蘇漬、麹漬、辛子漬、奈良漬が普及した。中でも沢庵漬が中心であった。塩押といって、蕪、茄子、大根を塩で漬けたものが、広く食べられた。糠味噌漬は、塩と糠とに長時間漬けたもので、上方ではどぶ漬と呼んだ。明治になっても漬物は江戸時代のものが、そのまま引き継がれていく。

夏目家では、どんな漬物が食べられていたのだろうか。冬場では、毎日のように沢庵漬が出されていたようである。子供の弁当にも一品は沢庵漬であったという。(『文藝春秋』昭和五六年九月「お礼と縁遠かった漱石」松岡筆子〈漱石長女〉)夏場は、糠味噌が中心だったようである。

漱石の孫の半藤末利子(長女筆子さんの四女)著『夏目家の糠みそ』の中に、母から聞いた話として、糠味噌が食べられていたことが書かれているが、何を漬けたかには触れていない。当時流通していた野菜から、練馬大根、茄子(当時価格が安く大量に流通していた)、茗荷(夏目家のあった地元早稲田が産地)は間違いなく漬けられていたと推察する。その他、蕪や瓜なども考えられる。味噌漬も水落露石《みずおちろせき》より送られているので、時々は食べていたのであろう。

福神漬については、『三四郎』の中に帝国大学の野々宮さんの研究室で三四郎が見た容器の説明に、福神漬の缶が使われている。

最後《さいご》に向《むかふ》の隅《すみ》を見ると、三尺位の花崗石《(みかげいし)》の台の上に、福神漬《ふくじんづけ》の缶《くわん》程な込み入った器械が乗せてある。三四郎は此缶の横腹《よこつぱら》に開《あ》いてゐる二《ふた》つの穴に眼《め》をつけた。穴が蟒蛇《うはばみ》の眼玉《めだま》の様に光《ひか》つてゐる。野々宮君は笑ひながら光《ひか》るでせうと云つた。

（『三四郎』二の二）

「酒悦」の資料には左記のように説明されている。

福神漬は明治一〇年頃、「酒悦」一五代、野田清右衛門が考案した。初代は、延宝三年（一六七五）、関ヶ原の戦いの後より七五年ほど経過した頃、伊勢山田から江戸へ出て来て、本郷元町に店を構えた。当初は山田屋と号して海産物を商っていた。

やがて店を寛永寺の門前町である上野池之端に移し、うに、このわたなどの珍味類や、海苔、香煎《こうせん》も扱うようになり、上野近辺の寺々に納品するようになる。この品物は、品質をよく吟味したため評判になり、特に寛永寺、輪王寺の御門跡《ごもんせき》白川宮が高く評価し、酒が悦ぶほどにうまいものの意として「酒悦」と名づけてくれる。

明治になり一五代、野田清右衛門が、従来塩漬が中心だった漬物を、三回漬といって何度も味を重ね、下漬、中漬、醤油、砂糖、みりんなどで調整した本漬液に充分漬け込んで味を仕上げたものを考案する。素材は大根、茄子、蕪、瓜、しそ、蓮根、刀豆《なたまめ》を使用した。

福神漬の名前の由来は素材に七種の野菜を使用したことから、七福神に因んで名付けられた。名付け親は当時の流行作家の梅亭金鵞《ばいていきんが》で、不忍池に七福神の一つである弁天様があることから考えついたといわれている。

明治一九年頃、福神漬の缶詰が登場する。

当時の缶型は、一斤缶（四五〇グラム）と半斤缶（二二〇グラム）の、二種類である。

三四郎が帝国大学の研究室で見た〝福神漬の缶程な込み入った器械〟といっている缶型は、半斤缶だと思われる。もし一斤缶であったなら、千駄木町時代の漱石は、ジャムが好物でパンにつけずにおやつとして一斤缶のジャムを舐めていたのだから、〝ジャムの缶くらいの大きさの〟という表現になっていたはずである。

価格は「酒悦」にも資料が残っていなくて、残念ながら不明である。

梅干も間違いなく食べられていた。

漱石がロンドンへ留学の時、持って行ったくらいだから、家庭でも食べていたことであろう。

一二、漱石とみかん

『草枕』にみかんについて書かれている。

門を出《で》て、左へ切れると、すぐ岨道《そばみち》つゞきの、爪上りになる。鶯が所々で鳴く。左り手がなだらかな谷へ落ちて、蜜柑が一面に植ゑてある。右には高からぬ岡が二つ程並んで、此所《こゝ》にもあるは蜜柑のみと思はれる。何年前か一度此地に来た。指を折るのも面倒だ。何でも寒い師走の頃であつた。其時蜜柑山に蜜柑がべた生《な》りに生《な》る景色を始めて見た。

（『草枕』十二）

みかんの歴史を述べる。

みかんの原産地は東南アジア一帯といわれている。最初に栽培したのは中国で、四〇〇〇年前の栽培史には柑橘類を柑《かん》、橘《たちばな》、橙《だいだい》に分け、柑一八種、橘一四種、橙五種とし、特性まで書かれている。

日本では奈良時代（七二〇）、『日本書紀』に第一一代垂仁天皇の命により、田道間守《たじまもり》が常世国の非時香果《ときじくのかくのこのみ》を一〇年の歳月を要して持ち帰るが、天皇は崩御されていた。その御陵前で田道間守も死に、その跡にみかんの樹が生えたと伝えられている。果物や木の実が菓子の始まりであることから、田道間守は日本の菓祖といわれている。

一六八五年に紀伊国屋文左衛門が、嵐の中江戸にみかんを送った話は有名である。

江戸時代になると八代（熊本県）でみかんの巨木が発見される。それが紀州みかんであった。各地にひろがり、江戸、明治時代のみかん栽培の発展につながった。紀州みかんは甘味は強いが小粒で種が多いのか特徴である。

今から三〇〇年以上前、東長島（鹿児島県）で温州みかんの古木が発見される。温州みかんは大粒の種無しで果汁が多く、優れたみかんであったが、種無しのため〝子供が出来なくなる〟と縁起が悪いとされ、江戸時代までは九州の一部で栽培されたにすぎなかった。

明治時代の中頃より温州みかんは和歌山、静岡、愛媛県を中心にしだいに栽培面積を増やしていく。さらに福岡の宮川謙吉により早生《わせ》が発見される。早生は一カ月余り早い九月の下旬に出荷される。特徴は果皮が薄く、味覚が淡白である。

お正月に玄関などに飾る柑橘類に橙がある。橙という名前の意味は「代々」である。実が落ち難く、いつまでも木に生っていて、同じ木に前の年の実まで生っていることもある。落ちないで生っている実は、青っぽい色になり、若返っているようでもある。それが縁起がよくめでたいとされてきた理由である。

さて『草枕』の小天《おあま》温泉近くの一面のみかん畑に植えられていたみかんは、紀州みかんか温州みかんか。漱石が熊本在住の明治二九年～三三年頃は、もうかなり紀州から温州へ切り替わっていた。みかん農家の出荷用なので、多分温州みかんであったと思われる。

『坊っちゃん』の舞台、松山の下宿の庭にあったみかんは、古くから植えられてあったので紀州かもしれないが、愛媛県は比較的早く温州を導入したので、どちらか判断がつきかねる。

夏目家ではみかんを、一一月から二月までのシーズン中は、たくさん食べていたようである。特に早稲田南町時代（明治四〇年～大正五年）は長女の筆子さんの記憶によると、子供のおやつは煎餅、みかん、焼芋が一番多かったそうである。

晩年、家族は夫婦に子供六人、それにお手伝いさんが三人位いたから、一一人の大所帯であった。果物は橘屋という果物屋から買って届けさせ、月末にまとめて支払いをしていた。

〈橘屋への支払い〉

大正三年一二月分　三円三二銭

大正四年　一月分　三円八〇銭

〃　　二月分　五円三九銭

大正四年一月分でいうとこの月の一カ月の支出総額の四八四円二九銭に対して、橘屋への支払いが三円八〇銭である。米―六円八〇銭、野菜―一二円三二銭、魚―三二円九五銭五厘、肉―一五円五〇銭四厘に比べて低いのは当然であるが、この金額のほとんどが、値段の安いみかんではなかったかと思われる。値段の高かった到来品のバナナなどは漱石が食べていたそうである。

夏目家のおやつのみかんはもうこの頃には、東京の果物屋に出回っていた温州みかんであったであろう。

一三、漱石の食べた海苔

『行人』に海苔が出てくる。主人公の二郎が友人の三沢を入院中の病院に見舞に訪れた時の病院食について書かれている。

自分《じぶん》が始《はじ》めて彼《かれ》の膳《ぜん》を見《み》たとき其上《そのうへ》には、生豆腐《なまどうふ》と海苔《のり》と鰹節《かつぶし》の肉汁《ソツプ》が載《の》つてゐた。彼《かれ》は是《これ》より以上箸《いじやうはし》を着《つ》ける事《こと》を許《ゆる》されなかつたのである。

（『行人』〈友達〉）

海苔は病人食としてばかりでなく、一般には乾海苔が広く流通していた。食用にする海苔はアマノリ科に属する海苔である。

平安中期の延長五年（九二七）『延喜式』によると、志摩、出雲、石見、隠岐、土佐などで産出し、食用に供されていたとある。

鎌倉時代に、源頼朝は、アマノリを、後白河法皇に献上する。

浅草海苔は、アマノリを乾海苔に加工して作る。柴を立てた日から三四日で、枝の間に斑点を生じ、日を重ねるうちに黒色で柔らかい、わかめ状のものとなる。これを柴海苔という。

摘み取る時期によって、一一月～一二月中旬頃までを秋出来という。その後翌年三月中旬までのものを寒出来といい、その後生ずるのを彼岸海苔という。一二月頃採れるものが最も味が良いといわれている。

秋から冬にかけての一〇月～三月までが、採取時期で、寒暖の変化で味が微妙に違う。徳川入府以前の江戸は、江戸湾が奥深く入り込んでいて、浅草の石浜、橋場辺りに隅田川の河口があったようで、その浅草で作られたことから、浅草海苔と云われるようになった。

当時は、生で食べたり、素朴な乾海苔として食べていた。

その頃の松尾芭蕉の句に「衰ひや　歯に食ひあてし　海苔の砂」というのがある。

元禄年間（一六八八～一七〇四年）には、まだ高級な乾海苔はなかった。八代将軍吉宗の頃になって、浅草の漉《す》き返し（紙を漉く手法）を真似て、今日の乾海苔に近い技術が生まれた。海苔を刻んで、四角い木箱の中で水と混ぜる。よしずの上に海苔がうまく乗ったところで、よしずを持ち上げ、水を切って、天日に並べて乾かす。

弘化年間（一八四四～一八四八）頃に江戸大森の三浦屋、田中孫左衛門は、乾海苔を炙り、ガラス瓶に詰めて売り出す。焼海苔の始まりである。

幕末の安政元年（一八五四）、野木甚七は、三河湾で海苔の養殖を始める。

明治二年（一八六九）、東京日本橋室町の山本海苔店、二代目山本徳次郎は、味付海苔を考案する。明治天皇が京都へ行幸の際、東京から御所への土産物の上納を仰せつかった時、初めて、焼海苔に味をつけることを考える。醤油の味を生かして山椒、陳皮、唐辛子を入れた薬味海苔を作り、京都の御所に納めた。これが味付海苔の始まりである。

その後、ブリキ缶の容器が使われ始め、一般向けに「味付海苔」の名称で売り出され、大評判となる。

明治一一年（一八七八）、東京南伝場町の三井勝次郎が、味付海苔の製造会社を設立。

明治初期、東京上野池之端の酒悦が、海苔の佃煮を売り出す。

漱石の時代、焼海苔や、味付海苔が考案され、売り出されたといっても、当時は高価であったし、一般に広く流通していたのは乾海苔であつた。一帖（一〇枚）単位で小売され、一般家庭では火に炙って食べていた。

前にも紹介したが、漱石が学生時代、嫂の登世の作ってくれた弁当は決まって、竹の皮に包んだ海苔巻であったというから、漱石は毎日海苔を食べていたことになる。

一四、漱石の食べた鳥料理屋（軍鶏）

『心』の中に八月末の暑い中、当時両国に数件あった鳥料理屋の一軒に入り、軍鶏を食べるくだりがある。

我々は真黒《まつくろ》になつて東京に帰《かへ》りました。帰つた時《とき》は私の気分が又変《かは》つていました。人間《げん》らしいとか、人間《にんげん》らしくないとかいふ小理窟《こりくつ》は殆《ほと》んど頭《あたま》の中《なか》に残《のこ》つてゐませんでした。Kにも宗教家らしい様子が全く見《み》えなくなりました。恐らく彼の心《こゝろ》のどこにも霊がどうの肉《にく》がどうのといふ問題は、其時宿《やど》つてゐなかつたでせう。二人《ふたり》は異人種《しゆ》のやうな顔《かほ》をして、忙《いそ》がしさうに見える東京をぐる〳〵眺《なが》めました。それから両国《ごく》へ来《き》て、暑《あつ》いのに軍鶏《しやも》を食《く》ひました。

（『心』〈先生の遺書〉）

仏教伝来以来、獣肉食を忌避するようになっていった日本人の食生活に中で、魚鳥は美物というべきものであった。だが、鶏は時刻を報せてくれるものとして大切にされた。天武天皇四年（六七五）四月一七日の詔勅にも鶏は牛、馬、犬、猿と共に食べることを禁制され、その後長い間食されることはなかった。室町時代までの鳥料理は、全て野鳥を材料としたものであった。

室町時代には、魚鳥それぞれに尊卑上下の位が定められていた。当時の言葉でそれを「美物の上下」といった。魚では鯉、鳥では雉子《きじ》が最も高貴なものとされた。

こうした傾向は、鎌倉期にはいっそう増幅された。鯉は中国でも古くから尊ばれた。黄河の三門峡の滝を飛び越えることに成功したのは鯉だけで、神通力を得て龍になったと言い伝えられていることから立身出世の関門を登龍門というようになった。雉子が最も尊重された理由はわかっていない。『海人藻芥』（恵命院権僧正宣守著、応永二七年〈一四二〇〉）によると天子の食膳に供される鳥は、雉子、白鳥、雁、鴨、鶉《うずら》、雲雀《ひばり》、雀鴨の八種に限られていた。

江戸時代に入って、それまでは貴族と武家だけの料理も、庶民の間にもしだいに浸透していった。寛永二〇年（一六四三）板行の『料理物語』には鶏と鶏卵の料理を初めて記載している。中世までの日本人は、鶏肉同様鶏卵も食べなかったようである。卵を食べると恐ろしい報いを受けると云う恐怖心を持っていた。そうした感覚を乗り越えて鶏や卵を食べるようになったのは、南蛮料理の影響によるものである。

江戸時代、武家が最も重んじた鳥は鶴であった。鶴は古代中国以来、千年の齢を生きる鳥としての畏敬からであろう。中国では食べられていないし、日本でも戦国時代までは余り食べられていない。織田信長が宴会の献立に頻繁に登場させた。暗黙のタブーを破って食べるようになったのは、霊鳥としての畏敬されるが故に、天下人である己の食にふさわしいと思ったからであろう。とにかく、鶴はその食味よりも神秘性故に、食鳥中最も格式高いものとして定着して、豊臣秀吉、徳川の江戸度時代へと踏襲されていく。

武家の鶴に対し、庶民は鴨を愛好した。鴨料理はいろいろ工夫され、鴨鱠《なます》や煮鳥、鴨南蛮、鴨雑煮なども食べられるようになり、庶民の間に広まっていった。そうした生活感覚から、「鴨が葱をしょってくる」という棚ぼたの幸福を意味する言葉も生まれた。

明治期に入り、鳥料理は関西で発達して、関東にも伝えられた。関西ではかしわ（茶褐色をした和鶏）、関東では軍鶏が人気があった。

『心』の先生とKが軍鶏を食べた明治二〇年代の両国は、両国橋はまだ木橋で橋の東側を東両国、西側を両国広小路と呼んでいた。東両国に有名な軍鶏料理屋「ぼうずしゃも」があった。両国広小路には大衆的な鳥料理店が数軒あった。先生とKは当時はまだ学生だったので、両国広小路の安い店で食べたと思われる。

漱石が鳥料理を食べた記録はいくつか残っている。年代順に記してみる。

① 明治三七年一二月二〇日、橋口家で五葉、貢と共に雁の羹《あつもの》(野菜や肉を入れた熱いしる)を食べた。
② 明治三八年一月一〇日、野間真綱《のままつな》より雉子をもらう。
③ 明治三九年一月一五日、野村伝四《のむらでんし》より雉子をもらう。
④ 明治四一年一月二三日、青森県の市川文丸が雉子を持参する。
⑤ 明治四二年一月七日、青森県の市川文丸より山鳥が送られてくる。
⑥ 大正元年一〇月一七日、夏目家の木曜会で森田草平、小宮豊隆、内田百閒、安倍能成《あべよししげ》、津田青楓《つだせいふう》に鳥鍋を馳走する。
⑦ 大正四年一一月七日、金沢の大谷正信より、つぐみ送られてくる。

⑧　大正五年一月一日、夏目家で夕食に神楽坂の「川鉄」より合鴨鍋を出前させ、滝田樗陰、松浦嘉一、寺田寅彦、小宮豊隆、松根東洋城等が食べる。

一五、漱石の食べたいなり鮨

『道草』にいなり鮨が書かれている。
これはいなり鮨を食べた記憶ではなく、健三が子供の頃、養家の島田の家に居た頃の思い出である。

彼《かれ》はまた偶然広《ひろ》い建物《たてもの》の中《なか》に幼い自分《じぶん》を見出《みいだ》した。区切《くぎ》られてゐる様《やう》で続《つゞ》いてゐる仕切《しき》りのうちには人《ひと》がちらほら居た。（中略）其所《そこ》で弁当《べんとう》を食《く》つた。さうして油揚《あぶらげ》の胴を干瓢で結《いは》へた稲荷鮨《いなりずし》の恰《かつ》好に似たものを、上《うへ》から下《した》へ落《おと》した。

（『道草』第三十九）

いなり鮨とは甘く煮た油揚げの中に、すし飯を詰めたもので、信田ずし、狐ずし、おいなりさん、油揚げずしともいう。

稲荷信仰では農耕や食物を司る倉稲魂命《うかのみたまのみこと》を祀ったもので、大宣都比売神《おおげつひのかみ》、保食神《うけもちのかみ》、豊宇気毘神《とようけひめのかみ》も同神だという。古くは農家の田畑の豊作をお祈りする神様として多くの人々の信仰を集めてきた。日本の神社が約八万社ある中で、お稲荷さんは四〇％に当たる三万社ある。

お稲荷さんのお使いは狐で、神社の両側に狐の石像が建てられている。お稲荷さんの大宣都比売神の「けつ」から「御尻」といい、昔から女性の尻は繁殖のしるしだったので、「三狐」とか「大狐姫」の字を当てて、お稲荷さんと狐が結びついた。狐のことをけつねともいう。油揚げは狐の好物なので油揚げを使った鮨をいなり鮨と呼ぶ。

欧米では狐は、悪の権現のように扱われ、毛嫌いされている。新約聖書でも悪の動物として扱われている。ところが日本では大切な動物にされた。

いなり鮨の始まりは江戸の天保年間（一八三〇～一八四四）頃に油揚げの一辺を開いて袋形にし、きくらげや干ぴょうを加えた酢飯を詰めていなり鮨にしたものを、夜になると行燈《あんどん》に鳥居を描いて、両国辺りをいなり鮨と称して振り売りをしていた。

嘉永年間（一八四八～一八五四）に日本橋十軒店（現室町三丁目西南角）に稲荷屋治郎右衛門がいなり鮨の店を開店させた。当時は第一一代将軍家斉の頃で、水野忠邦の天保改革で、江戸に名高い深川安宅《あたか》の「松乃ずし」や両国の「与兵衛ずし」が贅沢品として一時廃業させられている最中であったから、稲荷屋の鮨は大変繁昌したという。

神田旅籠町で古本屋をしていた藤岡屋由蔵という人の日記によると、弘化二年（一八四五）一〇月から江戸でいなり鮨が流行したと書いてある。一個八文という安価でわさび醤油で食べさせたとある。

いなり鮨の形態は関東は油揚げを二つに切った枕型で、白い鮨飯と濃口醤油で味付けをする。関西では対角線に切った富士山型で人参、ごぼう、椎茸を混ぜた五目鮨風で薄口醤油で調理する。

大阪の泉北郡信太村には、「恋しくば　尋ねきて見よ　いずみなる篠田の森のうらみ葛の葉」の狐伝説がある。この挿話は、清元の保名《やすな》（歌舞伎舞踊）にもある。人間に化けた女狐が人間の子供を生み、三年後に去って行くという篠田の森の悲しい白狐の話である。

いなり鮨の始めには異説がある。

天保年間（一八三〇〜一八四四）に名古屋で創作されたとする説である。日本三大稲荷の一つ、豊橋の豊川稲荷の一帯ではいなり鮨がさかんである。油揚げを裏返しにした、おつな鮨もある。

一六、漱石の食べたおでん

『明暗』におでん屋が出てくる。主人公の津田が友人の小林とおでん屋に立寄るくだりである。

自分に都合の好《い》い理窟を勝手に拵《〔こし〕》らへて、何でも津田を引張《ひっぱ》らうとする小林は、彼に取《と》つて少し迷惑な伴侶《つれ》であった。彼は冷《ひや》かし半分に訊《き》いた。

「君が奢《おご》るのか」

「うん奢《おご》つても好《い》い」

「さうして何処《どこ》へ行く積《つもり》なんだ」

「何処《どこ》でも構はない。おでん屋でも可《い》いぢやないか」

二人《ふたり》は黙《だま》つて坂《さか》の下《した》迄降《お》りた。

（『明暗』三十三）

おでんは田楽の御所言葉で、お田楽の略である。平安時代にできた田楽豆腐がルーツで、幕末に姿を変えてきたおでんと田楽が分かれて別々の料理となる。

平安時代行われた民間信仰の舞楽で、田楽法師が鷺足や高速にのって踊る姿形が、豆腐を串に刺した形に似ているところから、豆腐を焼いてタレをつけたものを田楽と呼んだ。

江戸時代、元禄年間（一六八八〜一七〇四）にこんにゃく田楽が現れる。後に、焼いて味噌をつける、煮込み田楽となる。

文化、文政年間（一八〇四〜一七〇四）には大根、蕪、芋、蓮を素材とした野菜田楽が現れる。さらに鮎、鯛、ひらめ、鰻などの魚介の田楽ができると魚田と呼ばれた。これらは幕末になると薄味の醤油で煮込む煮込みおでんが江戸っ子の人気となる。

一八七〇年、河竹黙阿弥の『慶安太平記』に丸橋忠弥の名台詞「煮込みのおでんやっちょろね」とある。

本来の田楽は味噌田楽と呼ばれ、煮込みおでんはおでんとして独立した料理になる。関東ではおでんといい、関西では関東炊きという。

おでん種は各地により異なるが、大根、こんにゃく、竹輪、はんぺん、ちくわぶ、さつま揚げ、すじ、卵、銀杏、たこ、がんもどき、豆腐、つみれ、じゃがいもなどが人気が高い。

田楽には菜飯、おでんには茶飯がつきものであった。


漱石はおでん屋に行ったり、家庭料理でおでんを食べたという記録はない。

田楽については明治四二年四月五日に高浜虚子の自宅へ行ったところ、すでに虚子を訪れていた武定鎮七と岡本松浜が三人で田楽で酒を飲んでいるのに加わって、余り飲めない酒を珍しく飲んで駄弁を振るったといっている。

おでんは明治大正時代も大衆料理としてかなり普及していたので、おそらく食べたことがあると思われる。

漱石の作品では『彼岸過迄』に田楽が登場する。

一七、房総半島を一緒に旅した、井原市次郎とはどんな人物か

漱石は明治二二年八月七日に友人の広島県出身の井原市次郎と大分県出身の井関某らと房総半島の旅に出かける。当時第一高等中学校時代の同級生で夏休みを利用しての旅行であった。隅田川の霊岸島（推定）から汽船に乗り、浦賀に帰港してから保田《ほた》に着いた。保田では一〇日ほど滞在して海水浴を楽しむ。この間正岡子規と二、三通手紙を交わす。

保田から鋸山《のこぎりやま》に登って日本寺に行き羅漢像を見る。鋸山の頂上からは東京湾、房州、保田の先の奇岩が一眺できる。

『草枕』の主人公が通った経路の通りと思われるので、館山から陸路で小湊《こみなと》に行ったと想像出来る。小湊では誕生寺や鯛の浦を見物する。それから銚子に出て八月三〇日東京に戻る。二四日間の旅であった。

この模様は『木屑録《ぼくせつろく》』と題した漢文の紀行文に書かれている。これは漱石が他人に見せるため

に書かれた最初の文章である。九月九日に脱稿し、松山で病気静養中の正岡子規に送られた。これを読んだ子規は感激し、漱石の文才を高く評価し、これ以後、急に親しくなる。後に子規は漱石のことを畏友と呼ぶ。

この房総半島を一緒に旅した井原市次郎と井関某に関しては、どんな人物なのかほとんどわかっていない。

筆者はこの度、井原市次郎について、市次郎の母の実家逸見家（次頁系図参照）の子孫の日記からどんな人物で漱石とどのような付き合いをして生涯を送ったか、ある程度までわかり井原市次郎が劇的な人生を送っていることから、ここに紹介するしだいである。

井原市次郎は慶応三年生まれで漱石と同じ年である。広島市に生まれ、広島英学校卒業後、上京して第一高等中学校本科に入学する。ここで漱石と知り合う。慶應義塾別科を明治二二年一二月卒業した。卒業と同時に郷里に帰り、広島市大手町四四番地にある家業の西洋雑貨及び酒類販売業の「青陽堂」の経営に専念するのである。

漱石と知り合ったのは第一高等中学校であるが、どういう経緯で二四日間も一緒に旅行することになったのかはわかっていない。井原が広島へ帰省してから漱石との付き合いは途絶えている。

逸見《へんみ》家家系図

酒造業
『日霞《にっか》正宗』
（坪島）真四郎《しんしろう》　婿養子
明治六年（一八七三）
一月六日没七八歳

逸見家寿子《へんみかずこ》
文化九年（一八一二）
四月一二日生
明治二十三年（一八九〇）
四月四日没七八歳

長男　勝誠《かつあき》　「逸見山陽道」初代
弘化元年（一八四四）八月二十四日生
明治三十七年（一九〇四）八月二十四日没六十歳
缶詰業『逸見山陽道《へんみさんようどう》』創業
酒造業は白牡丹酒造の島家に譲る

二代　斧吉《おのきち》

三代　慶三《けいぞう》

長女　芥川家に嫁す

次女　井原家に嫁す
大正四年（一九一五）九月十一日没

広島市大手町一丁目四十四番地通称大手町御殿に住む
同地で西洋雑貨店「青陽堂」経営大正四年九月下旬倒産

市次郎　慶応三年（一八六七）生
斗作　明治四年（一八七一）生

三女　野崎家に嫁す

次男　繁三《しげぞう》　嘉永六年（一八五三）十一月二十八日生
明治二年（一八六九）三月白牡丹《ハクボタン》酒造へ養子に行き第十一代
島博三《はくそう》を名のる。

付き合いが再開されたのは明治三九年のことである。きっかけとなったのは市次郎の弟でジャパンタイムス社に勤務していた井原斗作がロンドン留学中の漱石に会ったことから始まる。

明治三九年八月一五日付の漱石から井原市次郎宛の手紙には次のように書かれている。

拝啓広島の写真種々御恵送にあづかり本日落掌難有御礼申上候、あの写真は皆面白くながめ暮らし候

新聞の井原氏は大兄の御舎弟のよしそれはちつとも知りませんでした尼子さんは四郎と云ふ名です同町内に居ていつでも厄介になります。先日逢つたら飛んだ所へ引合に出されたと申されました。迷亭と云ふ男は定てありません。苦沙弥は小生の事だと世間できめて仕舞ました。寒月といふのは理学士寺田寅彦といふ今大学の講師をしてゐる人ださうです。是も世間がさう認定したのです。尤も前歯は欠けて居ます。

写真拝受難有候。御顔を見て始めて思ひ出しました。全くあなたとは固《も》と御話しをした事がありますね。然し銅貨を落したのは慥《たし》かにあなたではありません。もつと脊の高い瘠せた人の様に思ひます。あなたは写真では大変色が白いが小生の記憶ではもつと黒いと思ひますどうですか。

尼子さんに逢つたらあなたの御話しをしませう。斗作先生に御文通の時小生の事をきいて御覧なさい。倫敦の時の事で何か面白い事を御話しなさるかも知れません　頓首

新聞の井原氏とはジャパンタイムスの斗作のことである。尼子四郎は近所の千駄木町五〇番地の夏目家のかかりつけの開業医のことで『吾輩は猫である』に登場する甘木医学士のことである。尼子氏は広島県出身であるため、市次郎も知っていたものと思われる。

この手紙を皮切りに大正四年までに一〇通の手紙を市次郎に出している。

裕福だった市次郎はこの間、漱石に広島名産の牡蠣や鮎、西条柿などを送っている。『吾輩は猫である』の挿画を描いた中村不折《ふせつ》の画を淡彩にて短冊に書いて二葉送ってくれと頼んだり、俳人の河東《かわひがし》碧梧桐《へきごどう》、漱石の短冊も所望している。

大正四年五月一二日付の漱石の手紙には次のように書かれている。

拝啓　先日は御手紙で白牡丹の賛御催促恐縮実は取り紛れ其儘に致し置きたるのみならず別に句も浮びさうにもなき故考へる苦痛を避くると同時に毎日々々に追はれて等閑に付したる次第どうぞ御ゆるし下さい今日外のものもした、めた故あの画を出して眺めたあと無理に一句を

題し小包で送りますから受取って下さい　以上

〝あの画を出して眺めた〟という画はなんと横山大観が描いた白牡丹の画だったのである。その画の上の部分に漱石が〝白牡丹　李白が顔に　崩れけり〟と俳句を作り、筆でしたためて市次郎に送っていたのである。

筆者はこの画を取材に訪れた西条の白牡丹酒造の第一六代当主島英三氏の自宅で発見した。このことは筆者の前々作『漱石、ジャムを舐める』の中でその経緯については詳しく述べたのでご高覧いただけると幸甚である。

井原市次郎の経営する「青陽堂」とはどんな店であったか。

実は「青陽堂」は明治一二年三月に広島市大手町一丁目に市次郎の母親の実家の逸見家が創業したものである。取り扱う品物は、

〔洋酒類〕ビール、ベルモット、ブランデー、ウィスキー、白ブドウ酒、赤ブドウ酒

〔洋品〕山高帽子、中高（中折）帽子、皮製手袋、毛つき手袋、毛糸、襟巻、メリヤスシャツ、毛布、ハンカチ、縮手ぬぐい（タオル）、大縮手ぬぐい（湯上りタオル）、カフスボタン、ズボン吊り、ネキタイ（ネクタイ）、手提げかばん、ひざ掛け、洋傘、テーブル掛け、ブラシ

〔その他〕ガラス、鏡、コップ、洋皿、パイプ、籐《とう》ステッキ、マッチ、インク、ペン先、茶碗、吸入器、寒暖計、ゴム紐、トランプ、ミルク、レモン水、桂油、ひじつき、椅子、化粧石けん、メリケン粉

などであった。

日本橋大伝馬町時代の逸見山陽堂（明治26年）

明治一六年三月には「青陽堂」の一隅に機械設備を設け「逸見山陽堂缶詰部」を設立する。ここで製造された缶詰も販売することになる。品種は全てボイルドで牛肉、牡蠣、鳥貝、鯛、さわら、まつたけ、筍、蕗《ふき》などである。

創業時は従業員三名、年別の売上高の推移は次のとおりである。

△売上高の記録（一年間）

明治一二年　三〇五九円四六銭八厘（三月～一二月）
〃　一三年　三四四六円九七銭九厘
〃　一四年　五五三五円二一銭二厘
〃　一五年　四七九六円〇九銭〇厘
〃　一六年　四四四八円八一銭八厘
〃　一七年　四四一八円七九銭六厘
〃　一八年　四四九八円七〇銭七厘

〃　一九年　　五二七七円一五銭六厘
〃　二〇年　　六八四一円三三銭五厘
〃　二一年　　二三九二円三一銭四厘（六月まで）

毎年三カ月毎四半期に分けて収支決算をしているが、一〇年間の三カ月毎の利益は二二〇円〜二九〇円で年間平均一〇〇〇円と高利潤であった。経営者の逸見《へんみ》勝誠《かつあき》はこの利益を独りじめすることなく、広島英学校に多額の寄付をしたり広島県の道路建設や開発事業にも寄付して表彰されている。

逸見家の記録では明治二一年六月で閉鎖と記されているが、これは誤りで七月より井原家に譲渡したもの思われる。理由は缶詰業が軌道に乗り缶詰業に専念するためだと想像出来る。すでに明治一七年秋には西条にあった酒造業を白牡丹酒造の実弟島博三氏に譲渡している。

井原市次郎は明治二一年一二月に実家に戻り「青陽堂」の経営に携わる。営業成績の記録は残っていないが、最初のうちは順調だったようである。井原の自宅は当時大手町御殿と呼ばれる立派な邸宅であったらしい。

漱石は一度だけこの大手町御殿を訪問している。明治四二年九月二日、漱石は親友の満鉄総

初代店主・逸見勝誠

裁をしていた中村是公《よしこと》の招待で満州朝鮮旅行に出発する。大阪港より大阪商船の鉄嶺丸に乗り大連《だいれん》港に着く。大連、旅順《りょじゅん》、態岳城《ゆうがくじょう》、常口、湯崗《とうこう》子《し》、奉天《ほうてん》、撫順《ぶじゅん》、長春《ちょうしゅん》、ハルピン、平壌《へいじょう》、京城《けいじょう》をまわり、釜山《ふざん》港より関釜接続船に乗り一〇月一四日下関港に着く。下関停車場より新橋行の一等に乗車したが広島停車場で下車する。人力車で権現様、饒津神社、比治山公園、泉邸（縮景園）、水道、連隊（歩兵第一一連隊）、軍司令部（広島連隊区司令部）を見物した後、大手町一丁目二五番地の通称大手町御殿の井原市次郎邸を訪れる。末娘光子が風邪をこじらせていると言っていた。

この日の漱石の日記にはこう書かれている。

帰りに大手町の井原君を訪ふ。先生ぼんやり出て来て夏目君と云ふ。小供が病気でと云ふ。

多分、アポイントを取らずいきなり行ったものと思われる。こんな状況なので少し話をして、宿の長沼旅館支店に六時頃帰ったのである。三時間ほど仮眠して　夜の九時三三分広島停車場発の一等寝台で大阪へ向かうことになる。

大正時代に入ると「青陽堂」の経営は思わしくなくなっていったらしい。所蔵の掛軸五本を母の実家の逸見家に持ち込んでいる。もうその時は兄の勝誠は故人となり家督相続をしていた斧吉が買い取っている。

大正二年一月下旬、久し振りに市次郎は上京して漱石山房を訪れる。西条柿を送るという。二月五日付の漱石の手紙に「西条柿一箱正に到着風味は御自慢の通り正によろしく家人に講釈してたべさせ」と書かれている。

市次郎に漱石は生涯一〇通の手紙を送っているが、その最後の手紙が前に紹介した大正四年五月一二日の白牡丹の絵に俳句を書いて送った手紙である。

この白牡丹の掛軸は母の実弟である白牡丹酒造の第一一代当主島博三のもとに届けられた。この頃市次郎の店は破綻状態になっていたものと思われる。当時のことは逸見家の二代目当主斧

二代社長・逸見斧吉

吉の膨大な日記が残されていてそれを読めばわかる。大正四年九月一一日に市次郎の母が死去し、翌一二日には葬儀が執り行われた。

その日の日記には「青陽堂」の破綻の原因として、市次郎の母の死と、大手町御殿といわれていた豪邸の長年にわたる維持費、膨張した生活費をあげている。それに、「青陽堂」の負債総額が書かれている。

そもそも「青陽堂」の設立は次女、つまり市次郎の母への財産分与の目的であったことが、逸見家の子孫に伝わっている。

「青陽堂」の倒産により、「逸見山陽堂」の逸見家、「白牡丹酒造」の島家をはじめ、親類筋は莫大な損害を被った。

これ以後市次郎は漱石に連絡をしなかったらしく、漱石の話題にも日記にも登場していない。漱石はこうした事実を知らないまま、翌年の大正五年一二月九日に死去したものと思われる。

ロンドンで漱石と会った、市次郎の弟の斗作はどんな人物であったたか。

明治四年（一八七一）広島市に生れ、広島英学校卒業後、上京して慶応義塾文学部を卒業しジャパンタイムス社に入社する。ロンドンで留学中の漱石に会い、このことが縁で兄の市次郎と漱石の交際が再会される。その後、紅葉屋銀行に勤務する。昭和一〇年（一九三五）年に六四歳で従兄の逸見斧吉が経営する、缶詰業の「逸見山陽堂」入社、仕事は斧吉が業界に先がけて行っていた社員教育の一環で得意の英会話を教えていたようである。

昭和二一年七五歳で退社してからの消息はわかっていない。

市次郎の方もその後、親類とも疎遠になりその後どのような生活をし、いつ死亡したかもわかっていない。

大正五年一二月一〇日、漱石の亡くなった翌日の逸見斧吉の日記では、漱石の死を惜んでいる。

一八、漱石、和辻哲郎の案内で三溪園で文人画を見る

漱石が三溪園を訪れたことは意外と知られていない。荒正人の『漱石研究年表』（集英社）にも載っていない。

三溪園に漱石を案内したのは和辻哲郎である。和辻は原三溪翁の長男善一郎と友人で時々三溪園を訪れていた。

和辻は晩年の漱石の門人である。

和辻哲郎　明治二二年（一八八九）生まれ昭和三五年（一九六〇）没、兵庫県出身。

哲学者、評論家として名高い、明治四五年東京帝国大学哲学科卒、東洋大、法政大、慶應義塾大、京大、東大教授を歴任　『ニイチェ研究』『古寺巡礼』『風土』『鎖国』など、幅広い著書がある。

和辻の『埋もれた日本』（新潮社、昭和二六年九月発行）の中の〝漱石と三溪園〟の項で漱石を三溪園に案内した経緯について次のように書いている。

〔…〕いい文人画を見た記憶などを漱石はいかにも楽しそうに話した。それを聞いてゐて私は原三溪の蒐集品を見せたくなったのである。

三溪の蒐集品は文人画ばかりでなく、古い仏画や絵巻物や宋画や琳派の作品など、尤物ぞろひであったが、文人画にも大雅、蕪村、竹田、玉堂、木兵衛などの傑れたものが澤山あった。あれを見たら先生はさぞ喜ぶだらうと思ったのである。

私はその話を漱石にしたやうにも思ふ。さうして「それは見たいね」といふ風な返事を聞いたやうにも思ふ。しかしその点ははっきりとは覚えてゐない。

覚えてゐるのは漱石を横浜までつれ出すにはどうしたら好からうかと苦心したことである。

若いころの和辻哲郎

豫め三溪園の都合を聞いて日をきめて訪ねて行く、といふ方法を取るのでは、漱石はなかなか腰を上げないであらうといふ風に感じた。それで今から考へるとまことに非常識な話であるが、十一月の中頃の或るうららかに晴れた日に、いきなり漱石を誘ひ出しに行ったのである。

こんな日ならば気軽に出かける気持ちになるであろう、出かけさへすればあとはなんとかなるであらう、と思ったのである。

鵠沼から牛込まで誘ひに行ったのであるから、漱石山房へついた時にはもう十時頃になってゐた。玄関へ出て来た漱石は、私の突飛さに一寸あきれたやうな顔をしたが、気軽に同意して着替へのために引込んで行った。

今の桜木町駅のところにあった横浜駅に着いたのは、もう十二時過ぎであった。その頃私は南京町のシナ料理をわりによく知ってゐたので、そこへ案内しようかと思ったが、しかし文人画を見せてもらふ交渉をまだしてゐないことがさすがに気にかかり、馬車道の近くの日盛楼といふ西洋料理屋へはいって、昼食をあつらへると直ぐ三溪園へ電話をかけた。

丁度その日に何か差支へでもあれば、変な結果になるわけであったが、その時には私はその点を少しも心配していなかったやうに思ふ。電話では、喜んでお待ちするとの返事であった。で私は、自分の突飛さを殆んど意識することなしに、自分の計画の成功を喜びながら、昼食を共にしたのである。

私はその日、のりものの中や昼食の時などに漱石とどんな話をしたかを殆んど覚えてゐない。ただ一つ覚えてゐるのは、市電で本牧へ行く途中トンネルをぬけてしばらく行ったあたりで、高台の中腹に紅葉に取巻かれた住宅が点在するのを眺めて「あゝ、あゝいふところに住んで見たいな」と云ったことである。

三溪園の原邸では、招待して待ち受けてでもいゐたかのやうに、歓待をうけた。漱石としては初めて逢う人ばかりあったが、まことに穏やかかな、何のきしみをも感じさせない応対ぶりで、そばで見でゐても気持ちがよかった。

世慣れた人のやうに余計なおせ辞などは一つも云はなかったが、しかし好意は素直に受け容れて感謝し、感嘆すべきものは素直に感嘆し、いかにも自然な態度であった。で文人画をいくつも見せてもらってゐるうちに日が暮れ、晩餐をご馳走になって帰って来たのである。

訪れた日は大正四年一一月の中頃のうららかに晴れた紅葉のきれいな日だったという。

漱石は一一月九日から一七日までは当時満鉄総裁であった親友の中村是公と共に湯河原に行っていた。三溪園の紅葉が一番きれいな時期は一二月の始めであるという、それに木曜日は木曜会を催し、当時は林原耕三《はやしばらこうぞう》、小宮豊隆、鈴木三重吉、和辻哲郎等門人達が押し寄せていた。これらの条件から鑑みて、中頃は和辻の記憶違いで、下旬の漱石の行動がわかっていない一一月二六日から三一日の間であったと想像出来る。

漱石と和辻を応待したのは原三溪と善一郎である。接待は執事の村田徳治でお茶、食事などの世話は徳治夫人の藍子《あいこ》（通称おあいさん）が当たった。おあいさんが生前、三溪園参事の川幡留司《かわはたりゆうじ》氏に語ったところによると、漱石は顔色も悪く、体調よろしからずの様子でしたということである。

漱石と和辻は三溪園の三溪が家族との住まいとしていた鶴翔閣《かくしょうかく》に通された。鶴翔閣は個人住宅としては大変大きく約九五〇㎡（二九〇坪）もあった。その中の通称談話室と呼ばれている場所で文人画を見せられた。談話室は畳三〇畳敷きでその上に絨毯が敷かれていて、建物の東側に位置している。現在のようにまわりに生垣はなく池や遠くの景色まで見渡せた。

当時、三溪園で所蔵していた文人画のリストは次の通りである。

池大雅「神仙楼居」「興津富士」、与謝蕪村「林屋欲暮」「詩客晩帰」、浦上玉堂「林斎談玄」「僊聖所宅」、青木木米「天保九如」、渡辺崋山「老子」「名花十友」、田能村竹田「白衣観音」。最低このリストのものは見たことだろう。その他のものについてはわかっていない。

文人画を見て談笑しているうちに夕方になり晩餐が出される。当時原家には女中が三〇人いて家事をしていた。女中達の手で作られた料理でおあいさんが接待をする、和食であっただろうか、どんな料理が出されたかは不明である。帰り際、三溪翁は漱石に「また、いらっしゃい」と

鶴翔閣の通称談話室内部

いったという。それに対し漱石は「また、必ずおじゃまします」と答えた。ところが翌年の一二月九日に漱石は亡くなり、三溪園を再び訪れることはなかった。

尚、和辻哲郎は三溪翁から大変尊敬されていた。和辻の「古寺巡礼」の旅は原家にあった荒井寛方筆のアジャンタ石窟寺院の壁画模写を観賞して、善一郎夫婦と共に三溪園から出発した。お付きにはおあいさんが同行したのである。

三溪園を訪れた文学者は数多い。なかでも有名なのは漱石門下でもある芥川龍之介である。芥川は三溪翁の長男善一郎と府立三中以来の親友で度々訪れている。善一郎宛の書簡で「焔魔天図」には特に感動したと書き送られている。その他、原家の時代だけでも「鉄道唱歌」「故郷の空」の作詩家の大和田建樹、三溪翁の碑の文を起草した歌人の佐佐木信綱や、待春軒、寒月庵で横浜短歌会を定期的に開いていた与謝野鉄幹・晶子夫婦、「ホトトギス」の句会を待春軒で開いていて漱石とも親友であった高浜虚子。

大正五年に来日して、松風閣に二カ月半逗留した、ノーベル賞受賞者のインドの詩人タゴール、「ばらいろ島の少年たち」「ライオンのぬがね」で有名なフランスの劇作家ヴィルドラックも善一郎の案内で庭園と美術品を観賞した。

作家の坪内逍遙《つぼうちしょうよう》、島崎藤村《しまざきとうそん》、歌人の斎藤茂吉、窪田空穂《くぼたうつぼ》、俳人で一番古い漱石門下生の松根東洋城など数えたらきりがない。

画家達でも三溪翁に招かれ、鶴翔閣の客間棟に滞在して名作を生み出した横山大観や下村観山は特に有名である。

鶴翔閣外観

外苑の景観

原家家系図

原善三郎
生糸問屋
文政一〇年（一八二七）四月二八日生
明治三二年（一八九九）二月六日没　七三歳

（加藤）**もん**
文政九年（一八二六）生
明治三年（一八七〇）没　四四歳
鬼石の加藤善三郎次女
生得の美貌・資質従順

（原）**元三郎**
善三郎の叔父安兵衛長男
（養子）
弘化四年（一八四七）生
明治二三年（一八九〇）没　四三歳

八重《やえ》
嘉永四年（一八五一）生
明治二九年（一八九六）没　四五歳

（青木）**三溪**（富太郎）
岐阜県青木久衛（戸長）琴長男
（養子）
慶応四年（一八六八）八月二三日生
昭和一四年（一九三九）八月一六日没　七一歳

屋寿《やす》
明治七年（一八七四）一二月三〇日生
昭和二五年（一九五〇）一二月一日没　七六歳

長男　**善一朗**
明治二五年（一八九二）生
昭和一二年（一九三七）没　四五歳

寿枝《すえ》
明治三〇年（一八九七）生
平成一二年（二〇〇〇）没　一〇三歳
団琢磨《だんたくま》四女

西郷健雄
（日本画家西郷孤月の弟）

長女　**春子**
明治二七年（一八九四）生
昭和二六年（一九五一）没　五七歳
（和辻哲郎夫人の友人）

次男　**良三郎**（原合名社、社長）
明治二九年（一八九六）生
昭和四五年（一九七〇）没　七四歳

会津子《えつこ》　存命
明治四二年（一九〇九）生
（会津藩主松平容保の孫娘）

太三郎（原本家鉄五郎長男）

次女　**照子**《てるこ》
明治三三年（一九〇〇）生
昭和四五年（一九七〇）没　七〇歳

一九、漱石の「則天去私」と良寛の思想

「則天去私」は漱石が晩年に到達した思想である。

木曜会最後の二回、大正五年一一月九日と一六日の両日にわたり、「則天去私」の語を使用して門人らに説いたという。九日には芥川龍之介、久米正雄、松岡譲等が出席した。一六日には居間に入りきれないほど大勢が集ったが、芥川、久米、松岡、赤城桁平《あかぎこうへい》は一〇時過ぎに帰り、残った森田草平、安部能成らを相手に再び詳しく説いたという。

〔…〕松岡譲、芸術家の哲学は、始めロマン主義的、中頃は倫理的になり、最後は宗教的になるのではないかと問うと、人間はみんなそうではないかと答える。自力とか他力とか、テルトゥリアヌスの「不合理なるが故にそれを信ず」と云ったのをどう思うかとの問に対して、あるものをあるがままに見るのが信ではないかと答える。「例えば今ここで、そこの唐紙をひら

いて、お父様おやすみなさいといって娘が顔を出すとする。ひょいと顔をみると、どうしたのか朝見た時と違って、娘が無惨や失明になって居たとする。年頃の娘が親の知らぬ間に失明になった。これは世間でどんな親にとっても大事件だ。普通なら泣き喚いたり腰を抜かしたりして大騒動になるだろう。しかし、今の僕なら、多分、『ああそうか』といって、それを平静に眺めることが出来るだろうと思う」と云うと、一同は、それは残酷ではないかと云う。だが、真理は残酷なものだと云う。人間は、精神的には、この残酷な真理に耐えることができるが、肉体はそうはいかぬ。その本能を克服するのは「悟」である。その境地を「則天去私」という言葉で呼ぶことにしているという。

（「漱石研究年表」荒正人著　大正五年一一月九日　記述）

この言葉は「則天去私」について漱石が語ったものとして有名である。

「則天去私」は漱石が作った造語である。言葉の意味を一言でいってしまえば我執を捨てて自然の道に従うということになるのであろう。漱石は生前、「則天去私」について文章では全く書いていない。そのために漱石研究の書物、論文まで含めるとおびただしく出されていて、数えることはもとより全部目を通すことなど不可能である。戦前は松岡譲、小宮豊隆、岡崎義恵によって、特に小宮は漱石を心酔するあまり、小説家としてではなく人格者として神格化した形で「則天去私」を完成させた。戦後も昭和三一年になって江藤淳が『夏目漱石』を書き、その中で呪縛から解きはなした。「則天去私の如きは伝説にすぎない。作家は伝説によってではなく彼自身の人間的な魅力によって生きる」と言い「漱石に偉大さがあるとすれば、それは漱石が特別な偉大な小説家であったからでも、『則天去私』に悟達したからでもなく、漱石の書いた文学の中には稀にみる鋭さで把握された日本の現実がある故である」と言っている。

著者も長い間「則天去私」はただ言葉の意味だけでなく深い漱石の思想が隠されているのだろ

「則天去私」漱石書

うと漠然と考えてきた。

そんな折、平成二一年四月二九日に「鎌倉漱石の会」例会の講演で『良寛と漱石の「則天去私」—癒しの原理とは何か』の演題で当時、全国良寛会常任理事で東京良寛会会長の松本市壽氏（講演後死去）の講演を聞いた。目からうろこが落ちる思いがした。漱石の「則天去私」はまさに良寛の精神だと思ったからである。

漱石の日記や書簡に始めて良寛の名前が登場するのは明治四四年五月一七日付の日記である。漱石の五高時代の同僚で国漢科を担当していた黒木植が当時教師をしていた府立京都一中の生徒を連れて上京していた。その黒木を行徳二郎が案内して漱石山房を訪れた。

その時の話で、黒木の日記には〝良寛が飴のすきな話をした。良寛に飴をやって、其飴を舐る手をつらまえて、さあ書いてくれと頼んだら、よしと云って其手は食はんと書いたさうである〟と書かれていた。

漱石は初めは良寛の書に魅せられたようである。その後漢詩に触れることにより、その内面にこもる精神を知り心酔したのではないかと思われる。

そのきっかけを作ったのは山崎良平である。山崎は新潟県燕市出身で東京帝国大学文科大学英文科を明治四一年卒業した漱石の教え子であった。当時、糸魚川中学の教頭で良寛の研究者として知られていた。山崎は漱石に『僧良寛詩集』（小林二郎編集、精華堂）を送ったのである。それに対し、漱石が山崎に送った大正三年一月一七日付の礼状には次のように書かれている。

拝啓良寛詩集一部御送被下正に落手仕候御厚意深く奉謝候上人の詩はまことに高きものにて古来の詩人中其匹《たぐい》少なきものと被存候へども平仄などは丸で頓着なきやにも被存候が如何にや然し斯道にくらき小生故しかと致した事は解らず候へば日本人として小生は只今其字句〔の〕妙を諷誦して満足可致候上人の書は御地にても珍らしかるべく時々市場に出ても小生等には如何とも致しがたかるべきかとも存候へども若し相当の大きさの軸物でも有之《これあり》自分に適〔当〕な代価なら買ひ求め度と存候間御心掛願度候右御礼　旁《かたがた》　御願迄　匆々頓首

良寛の書に魅せられたことがわかる。その後、詩集を読んでいく内に心酔し、果ては心酔などという程度を越えてメロメロになっていったものと想像出来る。

良寛の〝三嫌い〟にも共鳴したらしく、大正三年、『東京朝日新聞』に連載した『素人と黒人』の四に次のように書いている。

良寛上人は嫌いなもの、うちに詩人の詩と書家の書を平生から数へてゐた。詩人の詩、書家の書といへば、本職といふ意味から見て、是程《これほど》立派なものはない筈である。それを嫌ふ上人の見地は、黒人《くろうと》の臭《にほひ》を悪《にく》む純粋でナイーヴな素人《しろうと》の品格から出てゐる。心の純なるところ、気の精なるあたり、そこに摺れ枯《か》らしにならない素人《しろうと》の尊さが潜《ひそ》んでゐる。

大正三年の春頃には鬼村元成《きむらげんじょう》とその友人の宮沢敬道という神戸の祥福寺で共に修行をしている若き禅僧と知り合う。二人の生き方に感銘して大正五年秋には漱石宅に逗留させ東京見物をさせたりしている。このことも良寛に心酔したことが影響していると思われる。その後、良寛の人となり、生き方を知るにつけだんだんのめりこんでいったものと思われる。

良寛

宝暦八年（一七五八）新潟出雲崎の町名主の橘屋《たちばなや》山本家の長男として生まれる。幼名栄蔵《えいぞう》である。父以南《いなん》の跡継ぎとなるべく名主見習役になったが、弟由之《よしゆき》に家督を譲り一八歳で曹洞宗光照寺《こうしょうじ》で剃髪する。二二歳で岡山・倉敷の曹洞宗円通寺《えんつうじ》の国仙《こくせん》和尚に出会い得度、円通寺に赴き足かけ一二年間修行を積み、禅僧としての免状の「印可《いんか》の偈《げ》」を授けられる。

寛政三年（一七九一）三四歳の時、五年間諸国行脚の旅に出る。須磨、京都、高野、吉野など歩く。

寛政八年（一七九六）三九歳の時、郷里新潟に戻ったが、出雲崎の生家には行かず、郷本《ごうもと》（現長岡市）の海岸の漁師の塩焚き小屋に仮住まいする。寺の住職の地位を求めず托鉢だけに徹する。翌年、人の斡旋で他宗ではあったが真言宗国上寺《こくじょうじ》の五合庵《ごごうあん》を借りて住むことが出来た。ここで前後二〇年間住み、多くの漢詩、和歌、書を残した。

文化一三年（一八一六）五合庵を出て、乙子《おとこ》神社の草庵で一〇年暮らす。良寛は西行や芭蕉と同様に寡黙で、現実から一歩身を引いて自らのことを語ろうとしなかった人である。だがその思いは多くの詩歌から読みとることが出来る。

文政九年（一八二六）乙子神社を出て、島崎の名家、木村家の庵室に移る。六九歳になっていた。ここで美貌で若き貞心尼《ていしんに》と出合う。貞心尼は元長岡藩士奥村五兵衛の娘であった。医師の関長温に嫁いだが、故あって出家した。長岡の福島にあった閻魔堂に住んでいた。貞心尼は夏には歌と仏の世界を学ぶため木村家を訪れたが良寛は留守で会えず、再び訪れた秋に会うことが出来た。貞心尼三〇歳の時である。それから、交流は深くなり、天保二年（一八三一）一月六日良寛が死ぬまで四年間続くのである。

良寛の死後、貞心尼は唱和した歌を『はちすの露』に編じた。若き貞心尼との交流は晩年の人生を送る良寛にとってほほえましい出来事であった。

良寛の人を最も良く表わしていると思われる手紙がある。

文政一一年（一八二八）三条に地震があり二〇歳以上も年下の友人、山田杜皐《とこう》に送った見舞状である。杜皐は町年寄を務め、俳句や絵画にも趣味を持つ風流人であった。良寛とは信頼できる仲であった。

地しんは信《まこと》に
大変に候　野僧草庵《やそうそうあん》ハ
何事なく候　親るい中
死人もなくめで度存候《たくぞんじ》
うちつけにしなば
しなずてながらへて
か丶るうきめをみる

がはひしさ
しかし災難に逢《あう》
時節には災難に
逢がよく候　死ぬ時節
には死ぬがよく候
是《これ》ハこれ災難をのがる、
妙法にて候

禅文化研究所所長　西村恵心《えしん》氏の大意
地震は本当に大変です。当方は無事です。親類に死者もなく幸いです。〈突然の災難で死なず生き長らえて、惨状を見るのは辛いものです〉だが災難の時には災難に逢い、死ぬ時は死ぬしかない。それが難を逃れる妙法です。

前半は慰めの言葉であるが、後半の「災難に逢時節には災難に逢がよく候。死ぬ時節には死ぬがよく候。是ハこれ災難をのがる、妙法にて候」は自然に生きよ、一切の計らいをせずに生きる、ということで則天去私の精神に通ずるのである。

良寛は曹洞宗の禅僧であったが、真言宗、浄土宗、日蓮宗や神道にも通じていた。また詩人、歌人、書家としても類い稀な才能を発揮した。生涯残した漢詩は約六〇〇、和歌は一三〇〇首、俳句一〇〇句、書は現存のものだけで二〇〇〇点を数える。

漢詩の中から代表的なものをあげる。

生涯懶立身騰
々任天眞嚢（中）三升米
爐邊一束薪誰問
迷（悟）跡何知名利塵
夜雨草庵裏
雙脚等閒伸

生涯身を立つるに懶《ものう》く
騰々《とうとう》、天真に任す。嚢中《のうちゅう》、三升の米
炉辺《ろへん》、一束《いっそく》の薪《たきぎ》。誰か問わん、
迷悟《めいご》の跡何ぞ知らん、名利《みょうり》の塵《ちり》。
夜雨、草庵《そうあん》の裏
双脚《そうきゃく》、等閒《とうかん》に伸ばす。

早稲田大学名誉教授で比較宗教学が専門の長谷川洋三氏による大意。

(在家の世界であれ、出家の世界であれ)栄達を求めるのは懶《ものう》く、自身のうちなる不生無相《ふしょうむそう》の仏に身を任せ、ゆったりと過ごしている。頭陀袋《ずだぶくろ》には米が3升、炉辺には薪《たきぎ》が1束。悟りや迷いの痕跡をもはや詮索《せんさく》する必要もなく、名誉だの利益だのという塵芥《じんかい》も、自分には関わりがない。雨の降る夜、庵の中で両脚をゆったりと伸ばしている。

尚、長谷川氏はこの詩についてさらに次のように解説している。

「この〈懶く〉は面倒だ、やる気がないという意味ではなく、世の栄達など自分には関係がないという、もっと積極的な意思表示です。根源的な生き方をする前提として、世俗の栄達を否定されたのです」

「〈騰騰《とうとう》天真に任す〉も誤解されやすい言葉です。運を天に任せて自由自在、の意味ではありません。

釈尊は、《あらゆる人間には仏性がある》と説かれています。ですから誰にも悟りは得られるはず。ところが、人間には欲望があるために、自己の内なる仏性が見えないのです。その仏性は、人間が手を加えたものではなく、本来そのままにあるものですから〈天真仏《てんしんぶつ》〉ともいいます。良寛様はその〈天真仏〉に高々と身を任せる、といわれたのです」

「〈迷悟の跡、何ぞ知らん〉は、自分は迷いとか悟りとか、そんな次元は超えているぞ、という意味です。だから名利などは、塵《ちり》みたいなものだ、と。自信に満ちた積極的な言葉です」

〔…〕〈双脚《そうきゃく》、等間《とうかん》に伸ばす〉〔…〕。

「ここは、老人が両脚を所在なく伸ばしている、と読まれてきた。しかしそうではないのです。もはや迷いも悟りも超え、天真仏に身を任せればよい。だから二本の脚をゆったり伸ばしているんだ、という姿です。揺るぎのない、不動の良寛様が、そこに坐っているんです」

（『サライ』二〇〇九年二月五日による）

栄達や名誉にとらわれることなく、自然に身をまかせる態度、これも則天去私の精神であろう。明治四四年漱石は文部省から、博士号の学位授与に対し辞退している。大正五年に四九年一〇カ月の生涯を朝日新聞社社員、一小節家として終えている。

良寛の有名な書に「天上大風《てんじょうだいふう》」がある。天上は宇宙を指し、大風は仏の慈悲の心のことである。

大意はこの世には仏の慈悲の心があふれている、ということであろう。

良寛は楷書、行書、草書の全てに長じていた。手本は中国、唐時代の僧、懐素《かいそ》の「自叙帖《じじょじょう》」の木版刷である。仮名の草書は平安時代中期の三蹟《さんせき》と言われた小野道風《みちかぜ》、藤原佐理《すけまさ》、藤原行成《ゆきなり》のうち道風の作といわれている「秋萩帖《あきはぎじょう》」である。

漱石は良寛の書に魅せられているうち、最晩年の大正五年に書いた書は非常にやわらかい線で良寛の書に似てきたといわれている。

「天上大風」良寛書。（写真／飯島太千雄　個人蔵）

良寛は生涯、寺を持たず、托鉢だけで生活した僧である。托鉢に出て、子供たちと手毬をついたりして遊び、夕暮れまで過ごすことが多かった。

〝この里に手毬つきつつ子供らと

遊ぶ春日《はるひ》は暮れずともよし〟

子供たちと遊んでいる中に良寛の本当の心が偲ばれるのである。

大正五年三月、漱石はかねてより希望していた良寛の七言絶句の書を手に入れる。続いて四月に和歌「わがやどを　たづねてきませあしひきの　やまのもみじを　たをりがてらに」も手に入れることが出来た。これを漱石にもたらしたのは森成麟三《もりなりりんぞう》である。森成はこの時、郷里の新潟県高田で胃腸病院を経営していたが、仙台医学専門学校（現東北大学医学部）を卒業、内幸町の長与胃腸病院に勤務していた頃、漱石の修善寺の大患の折、主治医となり死の淵から生還させたことから親しくなり生涯交流を続けた。良寛の書幅を森成に依頼していたのである。大正五年三月一六日の森成への礼状には次のように書かれていた。

拝復良寛上人の筆蹟はかねてよりの希望にて年来御依頼致し置候処今回非常の御奮発にて懸賞の結果漸く御入手被下候由近来になき好報感謝の言葉もなく只管《ひたすら》恐縮致候

良寛は世間にても珍重致し候が小生のはたゞ書家ならといふ意味にてはなく寧ろ良寛ならではといふ執心故菘翁だの山陽だのを珍重する意味で良寛を壁間に挂《か》けて置くものを見ると有《も》つまじ

き人が良寛を有つてゐるやうな気がして少々不愉快になる位に候

良寛の書、二幅を手に入れた漱石は大変な喜びようであったという。

漱石が良寛について語った最後は大正五年一一月四日の木曜会での出来事である。

安部能成『山中雑記』（大正六年五月）に次のように書かれている。

亡くなられる一か月前であろうか、その時の日記がないから分からない。木曜の夜先生の御宅に行ったときに先生は少し気持ちの悪そうなナーバァスな顔をしておられた。

その時座に大愚良寛の掛地がかかっていた。良寛の話が前からあったらしい。座にいた芥川君が、「良寛が腹を立てないというのは、始めからでしょうか。修行を積んだ上でしょうか」という意味のことを言った。

先生は「そうじゃない。自然にそうなったんだ」（言葉通りではないがこんな意味だったと思う）と云われたのに対し、自分は、「やっぱりたびたび怒ったりした末、修業を積んでそうなったんでしょう」と強く不躾にいった。

先生は不快な顔をせられて「そんなことはないよ。腹が立つ時には誰でも腹が立つ。良寛だって腹が立てば立つ。ただそれに執しなかった。そのときばかりであったのだ」という意味のことをいわれ、それが実行上の修業というよりもインテレクチュアルな悟りであるという意味のことをいわれた。

死去する一カ月前のことである。このようにみてくると、漱石の『則天去私』はまさに良寛の生き方そのものである。大正三年始めの頃から良寛にのめりこみ、メロメロになっていった漱石の心情がわかるのである。

ただ、良寛と漱石の根本的な違いは良寛には悟りがあり、漱石には『門』の主人公野中宗助が鎌倉の円覚寺で座禅を組んだが悟りが開かれなかったように生涯、悟ることが出来なかったことである。

主な参考文献

『漱石全集』岩波書店（一九九三～六）
『増補改訂　漱石研究年表』荒正人、集英社
『漱石の思ひ出』夏目鏡子、松岡譲筆録、角川書店
『漱石と越後・新潟――ゆかりの人びと』安田道義、新潟日報事業社出版部
『父と母のいる風景――続 父・漱石とその周辺』夏目伸六、芳賀書店
「湘南文庫」第六号、平成六年刊
『近代日本のドイツ語学者』上村直己、鳥影社
『夏目漱石事典』平岡敏夫・山形和美・景山恒男、勉誠出版
『葦蘆葉の屑籠』亀井高孝、時事通信社
『偉大なる暗闇――師岩元禎と弟子たち』高橋英夫、講談社文芸文庫
『行々坊行脚記』菊池寿人、菊池寿人先生文集頒布会
『人事興信録』第八版、昭和三七年刊
『子規と漱石と私』高浜虚子、永田書房
『良寛の生涯 その心』松本市壽、考古堂書店
『たべもの起源事典』岡田哲編、東京堂出版
『たべもの日本史総覧』新人物往来社
『近代日本食文化年表』小菅桂子、雄山閣出版
『日本食生活史』渡辺実、吉川弘文館

あとがき

近代文学者の中で最も人気があり、かつ読まれている作家は夏目漱石であることに異存はなかろう。その原動力になったのが、秀でた友人達や門下生達であったことも間違いない。

友人では正岡子規、菅虎雄、狩野亨吉、大塚保治、中村是公、高浜虚子などが、門下生では寺田寅彦、松根東洋城、小宮豊隆、鈴木三重吉、森田草平、野上豊一郎・弥生子、安倍能成、内田百閒、和辻哲郎、岩波茂雄、芥川龍之介、久米正雄、松岡譲など、きら星のごとくいるのである。

彼らが大正五年、漱石の死後、小宮豊隆の『夏目漱石』を皮切りに漱石研究の単行本に論文をあわせると、二万点とも三万点とも言われている。

二〇〇七年一〇月三日、フジテレビの人気番組タモリの「笑っていいとも!」に著者が出演した。何でも新企画の「偉人たちの大好物」というコーナーができ、第一回が夏目漱石で著者の『漱石、ジャムを舐める』を読み、漱石がジャムが大好物であることを話しに来てくれとの依頼であった。

その時、放送作家より「いったい漱石の小説本は今まで何冊くらい売れているのですか」と質問された。

出版元の新潮社に問い合わせたところ、結論はわからないとのことであった。昭和二一年（一九四六）漱石の著作権が切れてからは多くの出版社が戦後の書籍ブームに乗っておびただしい本を出版していて、統計のとりようがないという。

順位	新潮文庫	岩波文庫
1	坊ちゃん	こころ
2	三四郎	坊ちゃん
3	それから	草枕
4	草枕	三四郎
5	吾輩は猫である	それから
6	門	門
7	虞美人草	虞美人草
8	こころ	硝子戸の中
9	硝子戸の中	道草
10	行人	行人

（二〇〇八年一一月現在）

ちなみに新潮文庫だけで、二二〇〇万冊強とのことなので、著者の推計では一億冊を超えるのではないかと思われる。

蛇足ではあるが、漱石の人気の小説は何か、よく売れている新潮文庫と岩波文庫の統計で一位から一〇位までを記してみる。

このようにこれまで多くの人に親しまれ、多くの研究者によって作品はもちろんのこと、神経衰弱の病気のことまでありとあらゆることが研究されてきた。荒正人氏が生涯をかけて書きあげた『漱石研究年表』はなんと九〇〇頁にもおよび、こんなすごい年表はトルストイだってゲーテだってないのである。

もう一寸の隙間もなさそうな中、著者はここ一〇年間に、漱石の食生活を描いた『漱石、ジャムを舐める』（新潮文庫）、漱石の恋愛と好感を持った女性について描いた『漱石のマドンナ』（朝日新聞出版）を出版できたことは幸せである。この度は二つの著書の取材をする中で知った小さな話、いわば漱石こぼれ話というべき話を一九話まとめた、『漱石のユートピア』の出版にこぎつけた。

題名のユートピアについては本来ならば桃源郷にすべきところであったかもしれない。『ユートピア』は英国の政治家トマス・モアの一五一六年刊の空想物語である。仮想のユートピア島の理想国家について描いたもので、本来からいうとユートピアは理想国家とか理想社会という意味に使うべきである。

ところが現在では意味が転じて理想郷として使われている。

著者もそのことは承知の上で、漱石の『行人』に描かれている精神の落ち着く場所、紅ヶ谷をユートピアとして描いたしだいである。

本書は読んでくださる読者の皆様が知られざる漱石の一面を知っていただき、喜んでいただければ最大の喜びとするしだいである。

発刊にあたっては多数の方々のご協力をいただいた。

資料と写真の収集では、鎌倉市立中央図書館、本法寺、寿福寺、吉田正一・一恵氏、夏目美紀夫・由子氏、新田太郎氏（新田夏目）、大津昭紀・充子氏、三溪園、川幡留司氏、頼本冨夫氏、ふなや（道後温泉、旅館）、逸見宏介氏など、多くの法人、団体、個人の方々からもお力添えがあった。

発刊にあたっては株式会社現代書館社長の菊地泰博氏、編集には下河辺明子氏の手を煩わせた。感謝するしだいである。

二〇一一年四月吉日

河内 一郎（こうち　いちろう）

一九四〇（昭和一五）年、東京生まれ。四四年、山梨県に疎開。山梨県立甲府第一高等学校、中央大学商学部卒業後、缶詰製造元・総合食品商社の株式会社サンヨー堂入社。同社に三八年間在職の後、退社。

高校時代からつづけてきた漱石研究のテーマを〝食〟に絞り、調査を開始。

神奈川近代文学館・友の会会員。

著書に『漱石、ジャムを舐める』（新潮文庫）、『漱石のマドンナ』（朝日新聞出版）がある。

漱石のユートピア

二〇一一年七月三十一日　第一版第一刷発行

著　者　河内一郎
発行者　菊地泰博
発行所　株式会社現代書館
東京都千代田区飯田橋三―二―五
郵便番号　102-0072
電　話　03（3221）1321
FAX　03（3262）5906
振　替　00120-3-83725
組　版　具羅夢
印刷所　平河工業社（本文）
東光印刷所（カバー）
製本所　矢嶋製本
装　幀　伊藤滋章

校正協力・迎田睦子
 ISBN978-4-7684-5654-5

http://www.gendaishokan.co.jp/

現代書館

三橋修 著

作家は何を嗅いできたか

におい、あるいは感性の歴史

かつて世界はどんなにおいで満ちていたか？　その手がかりを探り、近代から現代までの文学作品・マンガ・アニメにわたって、ひたすら「におい」にまつわる記述を追い続けた。時代によって変化する感性が、においによって明かされる。

1900円＋税

竹川弘太郎 著

狂骨の詩人 金子光晴

没後35年を過ぎ、なお現代の詩界にそびえ立つ巨人・金子光晴。二歳にして貰われっ子、幼少期の性体験、義母との相姦、妻森千代との凄惨な確執、多くの女体遍歴などの足跡を辿る中で、光晴の狂気の生涯と抵抗とエロスの名作の繋がりを解く。

1900円＋税

堀木正路 著

金子光晴とすごした時間

晩年の光晴に最期まで師事し、自称「野暮用の弟子」が至近距離から語る思い出の金子光晴。妻・森三千代のこと、息子・森乾のこと、愛人問題、食、酒、絵、旅、弟子、友など、知られざるエピソードから、いま新たなる光晴像が見えてくる。

2200円＋税

金子光晴 著

金子光晴下駄ばき対談〈新装版〉

金子光晴唯一の対談集。詩、放浪、青春論、女性論、人生論等により彼の人間性が浮び上がる。対談者・野坂昭如、寺山修司、田中小実昌、稲垣足穂、吉行淳之介、桜井滋人、岸恵子、田辺聖子、富岡多恵子、田村隆一、深沢七郎等17人。

1500円＋税

沼正三 著／村田喜代子 跋文

異嗜食的作家論

『家畜人ヤプー』で名を馳せ、2008年末、亡くなった沼氏が天野哲夫名で世に問うた作家論に、村田氏の跋文を新しく付け加えた。マゾヒズムで社会批評をしたと言われる沼氏の作家論は、これまでの書評とは一味も二味も違う作家論だ。

2600円＋税

砂古口早苗 著

外骨みたいに生きてみたい

反骨にして楽天なり

雑誌を作ることにおいては天下無比の鬼才と称され、多くの新聞・雑誌を創刊。度々発禁差し止めの処分を受けながらも、過激にして愛嬌ある反骨のジャーナリスト、宮武外骨の生涯と事績を新資料で追う。『朝日新聞』長期連載記事を大幅加筆。

2200円＋税